www.tredition.de

AF185209

Dietmar Passenheim

Ein Concierge bricht sein Schweigen

40 Jahre DDR und 10 Jahre in Luxushotels

www.tredition.de

© 2016 Dietmar Passenheim

Verlag: tredition GmbH, Hamburg

ISBN
Paperback: 978-3-7345-2126-3
Hardcover: 978-3-7345-2127-0

Printed in Germany

Wie alles beginnt

Bevor ich als Concierge und Portier tätig geworden bin und die vielen kleinen Geschichten erlebt habe, über die ich nun berichten kann, hat sich mein Leben wie das jedes anderen gestaltet: Kindheit, Schule, Berufsausbildung und mehrere mehr oder weniger interessante Jobs. Erst nach dem Mauerfall zieht es mich aus Neugier zufällig, aber Zufall ist für mich eine Bestimmung, in die First-Class-Hotellerie, in die ich eigentlich nur reinschnuppern will – aber ich werde dort fast drei Jahrzehnte meines Berufslebens mit allerlei Höhen und Tiefen und vielen einzigartigen Erlebnissen verbringen.

Acht Jahre nach dem Ende des Zweiten Weltkrieges werde ich geboren. Meine Mutter ist Näherin. Mein Vater muss mit seiner Mutter, drei Brüdern und einer Schwester aus Königsberg flüchten. Sein Vater lässt die Familie im Stich. Als Ältester kümmert mein Vater sich um seine vier jüngeren Geschwister. Die Familie gelangt nach Leipzig, wo sie mitten in den Bombenhagel gerät – und ihn überlebt.

Mein Vater geht zur SDAG Wismut, wo er für die Russen Uran abbaut. Er wird zweimal unter Tage verschüttet und muss irgendwann seinen Beruf als Hauer aus gesundheitlichen Gründen aufgeben. Er wird Behördenangestellter, trägt eine Uniform und hat den Dienstgrad „Meister".

Meine Mutter stammt aus einer Arbeiterfamilie. Ihre zwei Schwestern erlernen den Beruf der Sekretärin, sie darf das nicht. In einer Papierfabrik wird sie als Hilfsarbeiterin im Schichtdienst beschäftigt. Den Großteil ihres Lohnes muss sie zu Hause abgeben. Da ihr Freund nicht evangelisch ist, hintertreibt ihre Mutter ihre erste große Liebe.

Nachdem sie sich heimlich an der Volkshochschule zur Stenotypistin ausbilden hat lassen, haut sie von zu Hause ab und findet eine Stelle bei der Wismut – als Sekretärin. Dort lernen sich meine Eltern kennen. Danach arbeitet sie in einem kleinen Laden für den Demokratischen Frauenbund Deutschland (DFD), der sich „Heinzelmännchen" nennt. Dort wird Wäsche gewaschen und gemangelt. Sie bietet Näharbeiten an – das Nähen hat sie sich selbst beigebracht. Von ihr lerne ich, im Leben nie aufzugeben. Mit unserem Motto „Kopf hoch, nie unterkriegen lassen" spornen wir uns immer wieder gegenseitig an.

Meine ältere Schwester stirbt bei der Geburt. Mein jüngerer Bruder kommt wenige Monate nach seiner Geburt von einem Krankenhausaufenthalt nicht zurück und ich suche vergebens nach ihm. Meine Eltern erhalten nur die mündliche Mitteilung, dass ein Virus zum Tod aller Säuglinge geführt habe. Meine Mutter leidet ihr Leben lang an der Ungewissheit über sein Schicksal und an den Folgen des Kaiserschnitts, der nicht richtig verheilt.

Nach der deutschen Wiedervereinigung wird bekannt, dass in der DDR auf Anordnung von ganz oben häufig Säuglinge verschwunden sind. Ich stelle einen Antrag auf Nachforschung, was schwierig ist, und erst nach Jahren werde ich vielleicht eine Antwort bekommen.

Unsere Straße befindet sich in einem Sperrgebiet und hat einen schwarz-rot-gelben Schlagbaum. Im gleichfarbigen Häuschen steht ein Polizist mit Kalaschnikow und Pistole. Wenn ich am Morgen mit meinem Luftroller, an dem eine Milchkanne und ein Brötchenbeutel hängen, den Schlagbaum passiere, werde ich freundlich gegrüßt.

Wir haben ein eigenes Kulturhaus, ein Offizierskasino und einen Spielmannszug. Hinter unserem Haus ist ein großes Straflager, die „arbeitsscheuen", meist jungen Gefangenen tragen Sträflingskleidung. Sie müssen die alten Häuser der Justizbeamten reparieren. Das tun sie, wie man erzählt, äußerst oberflächlich.

Am 1. Mai und zum Geburtstag der Republik am 7. Oktober werden die Häuser mit Fahnen und Wimpelketten geschmückt. Das am schönsten dekorierte Haus wird prämiert. Am frühen Morgen weckt uns eine Polizeikapelle mit Marschmusik, damit wir die jährliche Mai-Demonstration nicht verschlafen. Nachdem wir in der Stadt jubelnd an der Tribüne vorbeigezogen sind, gibt es ein Volksfest mit Musik, Tanz, vielen Bratwurst- und Bierständen.

Wir haben als Einzige in der Straße einen großen Tannenbaum vor dem Haus, davor sitze ich gern auf meiner großen „Erdkugel". Das ist ein bunter Ball, auf dem alle Länder der Welt, wie auf einem Globus, abgebildet sind. Viele Kinder beneiden mich um diesen „Erdkugel"-Ball, den mir meine Lieblings Oma geschenkt hat. Meine Oma sagt: „Die DDR ist nur ein kleiner Teil der großen Welt."

Gern spiele ich auf der Treppe hinter unserem Haus mit meinen Indianern. Da ich leider keine Cowboys habe, weil es diese in den Spielzeugläden nicht zu kaufen gibt, dienen Soldaten als Ersatz. Immer gewinnen die Indianer gegen eine überlegene Armee mit Panzern und Flugzeugen.

Wenn ich Fußball spiele, verschwindet oft mein Ball. Dann habe ich leider zu hoch geschossen und er ist hinter der nahen Gefängnismauer gelandet. Mein Vater bringt nach dem Dienst meinen Ball mit nach Hause. Es tut mir leid, dass er deswegen Ärger hat, aber er begegnet mir immer mit großem Verständnis.

Über Wäscheleinen hängen wir Decken, die wir mit Wäscheklammern befestigen, und bauen uns ein Zelt, in dem wir spielen, obwohl es dort sehr heiß wird. Vor dem Haus kreisle ich gern.

Wir haben einen eigenen kleinen Park, wo Spielgeräte stehen. Der Park wird von einem hohen, grünen Lattenzaun umgeben, den russische Kinder immer wieder kaputtmachen, weil sie keinen eigenen Spielplatz haben und mit uns spielen wollen. Deutsche Offizierskinder verhöhnen die russischen Kinder mit russischen Schimpfworten, bewerfen sie mit Steinen und verjagen sie vom Spielplatz. Es herrscht ein richtiger Krieg. Anführer ist der Sohn des deutschen Dienststellenleiters. Die russischen Offiziersväter verbieten ihren Kindern, mit uns zu spielen, und verprügeln sie, wenn sie es dennoch tun. Wenn es dunkel wird, spähen wir durch den Zaun und beobachten, wie die russischen Offiziere feiern, Wodka trinken, laut singen und tanzen.

Mit meinem Freund Aljoscha spiele ich regelmäßig und wir tauschen Abzeichen. Als er nicht mehr kommt, verraten mir seine Freunde, dass er von seinem Vater arg verprügelt worden ist und in Zukunft fernbleiben wird.

In einer Sandgrube, der Schießplatz stammt aus der Hitler-zeit, spielen trotz strengen Verbotes viele Polizistenkinder. Sie finden Granaten, SS-Stahlhelme, Dolche und andere Waffen. Nicht alle überleben das Spiel mit der gefundenen Munition. Deshalb ist der Zutritt verboten. Ein Stacheldrahtzaun soll uns daran hindern, aber die Kinder wissen, wie sie ihn umgehen.

Meine Eltern arbeiten beide, aber sie können sich trotzdem wenig leisten. Im Urlaub sind wir viel in Thüringen, im Erzgebirge oder im Harz unterwegs. Ostseeurlaube sind zu teuer. Die Quartiere sind überbelegt, weil es keine Reisefreiheit gibt. Als Belohnung für eine Auszeichnung darf meine Mutter nach Moskau. Das ist ihre erste Auslandsreise.

Unsere Etagen-Dienstwohnung hat eine Ofenheizung, kein Bad, die Toilette ist ungeheizt und friert jeden Winter ein. Im Keller befindet sich eine Badewanne. Der Badewannenofen muss rechtzeitig mit Holz vorgeheizt werden. Meine Mutter geht nie allein in den Keller, weil es dort viele Ratten gibt, die mein Vater bekämpft. Mein Kinderzimmer ist groß, bei starkem Regen tropft es durch die Decke, deshalb stellen wir Eimer auf. Aus unserem Dachboden wird eines Tages für einen hohen Offizier eine moderne neue Wohnung mit Badezimmer errichtet. Eine Ofenheizung gibt es dort nicht mehr. Mein Vater bemüht sich viele Jahre vergebens, unsere unzumutbare Wohnungssituation durch eine Versetzung zu verbessern.

Ich bin ein Elbe-Kind. Am Frachthafen schaue ich oft den Kränen beim Be- und Entladen der Schiffe zu. Im Sommer liege ich auf den Elbwiesen und winke den ausländischen Frachtschiffen zu. Ich beneide sie, da sie die Grenzen überqueren dürfen. Mit Ausflugsdampfern fahre ich auf der Elbe nur bis zur DDR-Grenze. Durch die Elbe ballen sich oft und lange schwere Gewitter über unserer Stadt zusammen. Wir Kinder „duschen" gern im Regen auf der Straße. Meine Mutter stellt unsere Pflanzen in den Regen hinaus, weil sie so besser wachsen. Bei Hochwasser sind nicht nur die Elbwiesen, sondern auch die Straßen bis unterhalb der Altstadt überflutet und im Frühjahr treiben große Eisschollen stromabwärts – ein Schauspiel, das ich mit Begeisterung verfolge.

An der Elbe steht das „Denkmal der Begegnung". Die erste Begegnung US-amerikanischer und sowjetischer Truppen auf deutschem Boden findet am 25. April 1945 zwischen 12.00 und 13.00 Uhr auf den Elbwiesen bei Strehla statt. Am 26. April um 10.00 Uhr und um 16.00 Uhr treffen sich die Kommandeure der 69. US-Infanterie-Division und der sowjetischen 58. Gardedivision in Torgau. An diesem Tag werden auch die Vorbereitungen für den „Handschlag von Torgau" bzw. „East meets West" getroffen. Der „Elbe Day" ist in Torgau ein Gedenktag für den Zweiten Weltkrieg, der jedes Jahr begangen wird.

1985, zum 40. Elbe Day, bin ich in Torgau. Die amerikanischen Offiziere werden bejubelt, als sie von Frieden und Freiheit für alle Menschen sprechen. Ich stehe mit meinem Fotoapparat hoch oben am Rande einer kleinen Bühne neben Journalisten, als mich zwei Herren im Anzug energisch auffordern, diesen Platz sofort zu verlassen. Zwei westdeutsche Journalisten störe ich nicht und beide versuchen die Staatshüter in Zivil vergebens davon abzuhalten, mich zu vertreiben. Als das nicht gelingt, lassen sie mich auf der anderen Seite hinunter und ich verschwinde schnell in der Masse der Besucher.

Am 1. Oktober 1959 nehme ich eine äußerst angespannte Stimmung in unserer Straße wahr. Die Nachbarn tuscheln eifrig und scheinen sich uneinig zu sein. Bis nach Mitternacht sitzt meine Mutter an ihrer Nähmaschine, um auf schwarz-rot-goldenen Fahnen ein rundes Emblem mit Hammer, Sichel und Ährenkranz aufzunähen. Ausschließlich diese Fahnen dürfen zwei Tage später, zum zehnten Geburtstag der Republik, die Häuser schmücken. Dass unsere deutsche Fahne plötzlich so „verunstaltet" wird, verstehe ich nicht.

Meine Oma mütterlicherseits, hat die angenehme Befreiung der Stadt durch die Amerikaner erlebt. Aber dann haben die Russen die Stadt besetzt, viele Zuggleise abgebaut und abtransportiert und sie hat ihre drei Mädchen vor ihnen versteckt. Für mich bäckt sie Kirschkuchen, den sie „Spuckkuchen" nennt. Vor Weihnachten fahren wir ihre selbst gemachten Stollen mit einem Handwagen zum Bäcker, wo sie gebacken werden. Auf ihrem Gas- und Holzherd steht immer eine Kanne mit Bohnenkaffee, das ist ihr Lebenselixier. Für mich gibt es koffeinfreien „Muckefuck". In ihrer „guten Stube" ist sie nur bei Familienfeiern, das Leben spielt sich in der Küche ab und einen Fernseher braucht sie auch nicht. Mit ihr kann ich über alle Themen reden und sie hält immer zu mir, besonders wenn es gegen meine Mutter geht.

Opa ist im Krieg gewesen, aber er schweigt darüber. Er ist ein stiller und anspruchsloser Mensch. Als ich klein bin und wir noch nahe der Elbe in der Entengasse bei meinen Großeltern wohnen, geht Opa am Sonntagmorgen sehr gerne mit mir um die Ecke in seine kleine Kneipe. Dort spendiert er mir Bock- oder Bratwurst und Limonade, so viel ich will. Er würfelt mit Freunden und bringt auch mir das Würfelspiel bei. Meine Oma billigt das nicht, aber ich gehe gern mit meinem Opa in „die kleine Kneipe in unserer Straße"!

Opa liebt seine Zigarren, hin und wieder ein Schnäpschen und hört sich im Radio in der Küche zum Unverständnis seiner Frau mehrmals am Tag die Nachrichten an. Sein Hobby ist es, Pilze zu sammeln. Er versorgt die ganze Familie mit Pfifferlingen, Steinpilzen und anderen Pilzarten. Manchmal gehe ich mit ihm oder meinen Eltern in den Wald, um Blaubeeren zu sammeln. Im Pflückhof, einem schönen Waldlokal, machen wir Rast. Wenn ich Opa darum bitte oder wir eine Familienfeier haben, holt er seine Mundharmonika und spielt jedes gewünschte Lied. Er kann keine Noten lesen, aber er spielt jedes Lied, das er einmal gehört hat.

Meine Oma, väterlicherseits, trägt als Dame aus der Großstadt stets einen Hut. Sie sagt, dass ich ihr Lieblingsenkel sei –
aber andere hat sie nicht. Eines Tages schenkt sie mir eine Neger-
puppe, die ich sehr mag, obwohl fast jeder sagt, dass Jungen nicht
mit Puppen spielen und erst recht nicht mit einer Negerin.

Meine Oma liebt den Zoo, hat eine Jahreskarte und sitzt dort
nur vor den Löwenkäfigen. Sie kennt jeden Pfleger, nennt jeden
Löwen beim Namen und die Löwen kennen sie, was sie mich
auch wissen lässt. Einmal lässt sie mich mit einem Löwenkind fotografieren und ist mächtig stolz auf mich. Der Löwe und ich
schauen uns an. Weil das ein sehr seltenes Motiv ist, will der Fo-
tograf das Negativ behalten. Das Foto stellt er ohne Erlaubnis in
seinem Schaufenster in der City aus. Mein Vater kümmert sich um
dieses Problem.

Wenn wir meine Oma besuchen, darf ich ihre zwei riesigen,
alten Taschen benutzen. Sobald der Eismann vor ihrem großen,
alten Mietshaus seine Glocke schwingt, renne ich mit ihnen in den
Händen die vielen Stufen hinunter und bin meistens der Erste.
Dann schleppe ich das gekaufte Eis hoch. Das kommt in den Kühlschrank. Meine Oma besitzt schon einen der ersten Kühlschränke.

In der Nähe des Hauses meiner Oma befindet sich ein echter
italienischer Eis Laden. Meine Oma sagt, dass es der beste Eis Laden der Stadt sei, und lädt uns dorthin ein. Eines Tages wird der

Eis Laden verstaatlicht und das Eis ist danach nicht mehr so gut. Meine Oma erlebe ich da zum ersten Mal richtig wütend.

Zu den jährlichen zwei Messen vermietet sie ein Zimmer an einen Medizinstudenten aus Afrika. Nach vielen Jahren, sie ist inzwischen 60, sehen sich die beiden in einem Pflegeheim wieder. Er ist Arzt und sehr traurig, weil er ihr leider nicht mehr helfen kann.

Ein Onkel ist Buchdrucker und verheiratet. Von ihm bekomme ich viele lustige, bunte Igelkarten und andere schöne Drucksachen.

Mein zweiter Onkel ist auch verheiratet und arbeitet bei der Transportpolizei.

Meine Tante hat keine Berufsausbildung und lebt sehr lange bei ihrer Mutter. Sie heiratet schließlich einen 20 Jahre älteren Mann, was nicht alle Brüder gutheißen. Nach dem Tod meines Vaters, der bis dahin die Familie zusammengehalten hat, bricht sie alle familiären Beziehungen bis auf jene zu ihrem jüngsten Bruder ab. Ihn nennt man den intelligentesten Bruder. Er hat als Einziger studiert und führt einen kleinen Gemüseladen. Für mich ist er mein „großer Bruder" und so nenne ich ihn auch, wenn er uns besucht.

Während kein anderer meiner Verwandten väterlicherseits mit mir in Kontakt bleibt, meldet er sich nach der Wiedervereinigung bei mir. Er hat mich auf einer Telefon-CD gefunden. Er erzählt, dass er lange an der Erdgastrasse Drushba gewesen sei und dort sehr viel erlebt habe. Leider stirbt er nach plötzlicher, schwerer Krankheit, ohne seine Rentenzeit genießen zu können.

Meine andere Tante arbeitet in der Abteilung Finanzen. Ihr Arbeitsplatz ist ein altes Schloss. Gegenüber dem Schloss ist mein Hort, den ich nach der Schule besuche. Unsere Brote werfen wir aus dem Fenster, was wir natürlich nicht dürfen, aber die vielen Bären freuen sich darüber.

Sie ist meine Lieblingstante. Auf ihrem Wohnzimmertisch steht immer eine Schale mit Gebäck und Westschokolade, die sie, ebenso wie Kaffee, regelmäßig mit Paketen von Verwandten ihres Mannes aus Westberlin erhält. An jedem Sonntagmorgen hört sie in ihrer Küche Radio RIAS Berlin. Natürlich schaut sie nur Westfernsehen. Als meine Eltern eines Tages bei ihr zu Besuch sind, verlangen sie, dass sie das Westradio abschaltet. Das sieht sie nicht ein und ich darf sie danach lange nicht mehr besuchen. Wenn ich allein bei ihr bin, schaue ich Westfernsehen.

Einmal im Jahr, am Tag der Opfer des Faschismus, muss meine Tante in einem Demonstrationszug zur Kranzniederlegung bis zum russischen Friedhof marschieren. Ich begleite sie durch die Stadt. Unterwegs schimpft sie vor sich hin und beteuert, dass sie nur aus beruflichen Gründen an diesem Blödsinn teilnimmt. Danach braucht sie dringend Erholung. Deshalb lädt sie mich in eine Gaststätte zum Essen ein.

Einmal besuche ich wieder meine Tante. Meine Eltern wissen nicht, dass sie Westberliner Verwandte zu Besuch hat. Sie schenken mir Schokolade und fragen mich, ob ich für den nächsten Fasching ein altes Cowboy-Kostüm geschenkt haben möchte, das bei ihnen auf dem Dachboden liegt. Natürlich bin ich begeistert und freue mich schon sehr darauf. Leider bekomme ich es nicht, da meine Eltern Westgeschenke weder annehmen dürfen noch wollen, obwohl meine Tante alles versucht, sie davon zu überzeugen, dass sie ja das Kostüm bekommen habe und es daher ihr Geschenk an mich sei. Ich kenne viele Kinder, deren Eltern Westverbindungen haben, obwohl das nicht erlaubt ist.

Ihr Ehemann kommt aus einer wohlhabenden Uhrmacherfamilie. Seine Familie betreibt das größte Schmuck- und Uhrengeschäft in der Stadt und er arbeitet dort als Uhrmacher. Meine Uhr repariert er sofort, schnell und kostenlos. Er ist auch der Einzige, der die Schloss-Turmuhr reparieren kann. Er liebt seinen kleinen Garten, sein Fahrrad und engagiert sich im Gartenverein für eine

Gartengaststätte, bei deren Modernisierung er hilft, was durch den permanenten Mangel an Baumaterial eine schwierige und langwierige Angelegenheit ist. Mit meinem Vater bastelt er an meiner großen Modelleisenbahn-Platte, Spur TT. Sein Sohn spielt ebenfalls sehr gern mit der Modelleisenbahn und ergreift später seinen Traumberuf – er wird Lokführer.

Mein ältester Onkel kommt tief erschüttert aus später Kriegsgefangenschaft in Russland wieder und ist davon sein Leben lang seelisch gezeichnet und verbittert. Er hat die älteste Schwester meiner Mutter geheiratet, die froh darüber ist und es liebt, ihn zu verwöhnen.

In einem Kinderferienlager sammle ich – wie viele andere auch – Unterschriften zur Freilassung von Mikis Theodorakis, der in Griechenland inhaftiert ist. Jene drei, welche die meisten Unterschriften gesammelt haben, dürfen zum Pioniertreffen nach Karl-Marx-Stadt fahren. Beim Fahnenappell werde ich nicht genannt. Meine Mutter sowie meine Verwandten und Freunde wissen, dass ich der Beste gewesen bin, ich habe sogar in der Stadt Unterschriften gesammelt, aber meine Liste ist nach der Abgabe verschwunden. Meine Mutter erkämpft meine Teilnahme, obwohl ich mit sechs Jahren noch ein Jahr zu jung dafür bin. Da ich der Kleinste und Jüngste bin, werde ich ausgewählt, auf den Schultern eines FDJ-Funktionärs zu sitzen und dem Staatsratsvorsitzenden Walter Ulbricht bei einer Demonstration vor der Tribüne einen Blumenstrauß mit dem Pionierspruch „Immer bereit – Genosse Walter Ulbricht!" zu überreichen. Er schaut mich nicht an, konzentriert sich schon auf den nächsten Blumenstrauß und reicht meinen sofort nach hinten. Ich habe gelernt, dass man sich immer bedanken muss, wenn man etwas erhält. „Der Genosse Ulbricht meinte das natürlich nicht so, er war nur zu sehr beeindruckt", versuchen mich meine Erzieher zu beschwichtigen.

Schulzeit

1960 bin ich endlich ein Schulkind und bekomme sogar zwei große Zuckertüten. Zur Schulanfang Feier gehen wir mit Verwandten zum Mittagessen. Täglich laufe ich ca. 30 Minuten bis zu meiner Schule in der Stadt. Es dauert aber oft länger, weil ich vor einer großen Eisenbahnschranke, die wir „Sabotagebalken" nennen, warten muss. Stolz trage ich mein blaues Pionierhalstuch. Russische Kinder schenken unserer ganzen Klasse ein rotes Pionierhalstuch. Das soll ich nun zusammen mit meinem blauen Tuch tragen, ich hasse es, mache es nie und habe oft Streit mit einer Klassenlehrerin.

In Deutsch und Geschichte bin ich der Beste, in Chemie und Mathe weniger, Sport mag ich nicht und Russisch hasse ich. Nach dem Halbjahreszeugnis bin ich in der 8. Klasse versetzungsgefährdet, da ich im Fach Russisch mit der Note 5 bewertet worden bin. Die Russischlehrerin lehnt mich ab, weil ich ihre Vokabeln nicht lernen mag. Meine Mutter droht mir mit einem Erziehungsheim, wenn ich mich in Russisch nicht endlich verbessere. Mein Vater schweigt dazu. Er überlässt meiner Mutter die Erziehung, hält aber immer zu mir. Er ist mein bester Kumpel.

Im Gegensatz zu anderen Kindern wird mir nie der Hintern verhauen. Meine Mutter verteilt aber kräftige Ohrfeigen. Da ich danach Ohrenschmerzen habe, weiche ich ihr fast immer geschickt aus. Gern gibt sie mir Stubenarrest, was meinem Vater nicht gefällt, weil mir dann die frische Luft fehlt. Ich nutze jedoch die Zeit, um Briefe zu schreiben, und lese viele Bücher. Ich möchte Englisch lernen, aber weil ich das wegen meiner schlechten Russischzensur nicht darf, bringe ich es mir selbst bei. Ich kaufe mir ein kleines Wörterbuch und schaue mir im DDR-Fernsehen „You speak English" an.

In meiner letzten Unterrichtsstunde vor unserem Umzug verkündet meine Russischlehrerin vor der Klasse, dass sie froh sei, dass ich nun wegziehe. Ich entgegne: „Ich liebe die Großstadt und freue mich, in eine Neubauwohnung zu ziehen!" Sie antwortet neidisch: „Deine Eltern sind ja auch etwas Besseres. Ich will nicht in eine Großstadt." Da ich mit der ganzen Klasse lache, muss ich zur Strafe den Klassenraum verlassen, worüber ich nicht traurig bin.

Lange bevor wir umziehen, ist schon meine große Eisenbahnplatte im Kinderzimmer abgebaut, weil ich mein Zimmer aufgrund von Nässe und Schimmel nicht mehr benutzen darf. Ende Februar geht es endlich los, die Großstadt ist zwar 50 km von unserem neuen Wohnort entfernt, es gibt aber eine S-Bahn-Verbindung.

Unsere Kohlen nehmen wir beim Umzug natürlich mit. Die Spedition lädt sie ab und sie frieren bei Frost und Schnee vor der Kellerluke sofort ein. Nette neue Nachbarn borgen uns Kohlen. „Franzi", mein sprechender Wellensittich, ist die ganze Umzugsfahrt über in seinem Käfig bei mir im Fahrerhaus. Leider wird er kurz darauf krank, stirbt und ich muss ihn feierlich und unter Tränen begraben.

Endlich bin ich in der Nähe meiner Traumstadt, der Stadt, die ich immer schon gemocht habe. Wir haben nun eine moderne Neubauwohnung mit drei Zimmern, Bad und Ofenheizung.

Im zweiten Schulhalbjahr macht mir Russisch plötzlich viel Spaß. Mein neuer Russischlehrer ist schon oft in der UdSSR gewesen und ich sitze jetzt in einem modernen Sprachkabinett. Sofort verbessere ich mich um zwei Noten. Mein Russischlehrer versteht die Schwierigkeiten mit meiner ehemaligen Russischlehrerin überhaupt nicht. Er vermittelt mir, wie anderen Schülern auch, meine erste Brieffreundschaft mit einem gleichaltrigen Mädchen aus Irkutsk. Wir schreiben uns viele Jahre über alles, tauschen uns auch über politische Themen aus. Plötzlich teilt sie mir mit, dass sie mir nicht mehr schreiben dürfe, weil ihr Vater jetzt Offizier sei und großen Ärger bekommen würde.

Die Klasse wählt mich zum FDJ-Sekretär, weil ich sage, was ich denke, und ich werde Redakteur der Wandzeitung, was keiner mag. Meine Wandzeitung ist lustig und kritisch und wird neugierig umlagert und gelesen. Lehrer versuchen mich davon zu überzeugen, weniger kritisch zu sein, aber ich halte dagegen, dass das der Wahrheit entspräche und man diese sagen müsse. In meinem Zeugnis steht: „Er besitzt ein äußerst ausgeprägtes Gerechtigkeitsgefühl."

Um meine Autorität zu erhöhen, gehe ich zum Judotraining. Die Ausbildung beginnt mit endlos langen Fallübungen, die ich in meinem Leben nie vergessen werde. Endlich lerne ich Griffe und erwerbe den gelben Gürtel. Da diese kostenlose Ausbildung auf Wettkämpfe und Olympiaden ausgerichtet ist, beende ich irgendwann jedoch diesen schönen Sport.

Ich bewerbe mich erfolgreich und werde ehrenamtliches Mitglied einer FDJ-Stadtleitung. Für Faschingsveranstaltungen engagiere ich mich mit Feuereifer und helfe Jugendlichen, die erste Disco der Stadt zu veranstalten, indem ich agitiere und meine Tätigkeit als ehrenamtlicher Volkskorrespondent der „Leipziger Volkszeitung" ausspiele. Die Kreis- und die Bezirks-Chefredaktionen unterstützen mich. Damit stelle ich mich gegen die SED-Kreisleitung, die jegliche Art von westdeutschem Einfluss verhindern möchte. Später gibt es diese Discos republikweit.

Beharrlich und liebevoll überzeugt mich meine Mutter, mit ihr ein Jahr lang in die Großstadt zu fahren, dort zur Schule zu gehen und ein Kinderwochenheim zu besuchen. Mein Vater möchte mich das eine Jahr lang betreuen, aber seine Dienststelle erlaubt das nicht, seine Tätigkeit sei aus staatlicher Sicht wichtiger. Montags fahre ich mit meiner Mutter mit dem Zug hin und freitags wieder zurück. Im Mitropa-Wagen bekomme ich bei der Rückfahrt immer mein geliebtes Schnitzel auf Brot und Cola.

Meine Mutter ist froh, dass ich so einsichtig bin. Nun bin ich doch noch ein Heimkind, wie sie es mir früher oft angedroht hat. Meine Freunde vermisse ich. Zur Schule laufe ich vom Wochenheim nur zehn Minuten. Am liebsten mache ich Tischdienst und putze alle Schuhe, was viele nicht mögen und eine Erzieherin sehr verwundert.

Im Sommer werden wir alle eine Woche lang wie Bratwürste gegrillt. Unsere Eltern sollen am Freitag sehen, wie braun wir sind und dass es uns im Heim gut geht. Mädchen und Jungen liegen dicht und nackt nebeneinander. Von der Straße aus sehen uns viele Passanten und amüsieren sich sehr. Wir Teenager kommen uns vor wie im Zoo. Nach einer bestimmten Zeitspanne pfeift eine Erzieherin auf ihrer Trillerpfeife und wir müssen uns wenden. Die Heimleiterin bekommt mächtig Ärger, weil sich viele Eltern, auch meine Mutter, darüber beschweren. Meine Mutter absolviert die Parteifachschule mit Prädikat und ist sehr stolz auf sich.

Ich sammle Bieretiketten und schreibe, natürlich in Englisch, an Brauereien in aller Welt. Die Antworten kommen „Postlagernd" an. Meine Eltern dürfen das nicht wissen, weil sie dann politischen Ärger bekommen und ihren Job verlieren könnten. Mein Vater ist Polizist und darf keine Westbeziehungen pflegen und meine Mutter, die Bürgermeisterin ist, würde sich ebenfalls Ärger einhandeln. Meine Eltern bewundern meine Sammlung. Die sehr seltenen ausländischen Etiketten, die ich „ertauscht" habe, schauen sie sich jedoch äußerst skeptisch an.

Im Oktober 1969 wird zum 20. Jahrestag der DDR ein „Treffen junger Sozialisten" in Berlin abgehalten. Fest steht, dass altbewährte FDJ-Berufsfunktionäre von vornherein mitfahren dürfen. Aber da es sich um eine Auszeichnung handelt, überzeuge ich sie durch meine politischen Aktivitäten, dass ich die Teilnahme gleichfalls verdient habe.

Es werden drei unglaublich schöne, sehr erlebnisreiche und schlaflose Tage und Nächte. Wir sind in einer Berliner Schule untergebracht und werden fürsorglich verpflegt. Petrus spielt mit: Die Sonne scheint und es ist warm. Wir feiern und lieben, besonders unsere Funktionäre. Jugendliche aus vielen Ländern beherrschen die Berliner Straßen und Plätze, Musikgruppen spielen und allerlei Veranstaltungen finden statt. Die Polizei schaut lächelnd und machtlos zu.

Am letzten Abend marschieren wir mit Fackeln und Fahnen an der Tribüne der Partei und der Staatsführung der DDR vorbei. Wir werden aufgefordert, unsere oft geübten Hochrufe besonders laut vorzubringen, damit der Klassenfeind hinter der Mauer beeindruckt ist und die Springer-Presse darüber berichtet. Sonderzüge fahren uns zurück. Wir sind beladen mit Geschenken und Südfrüchten. Wir sind hundemüde und schlafen schon im Zug ein.

Ein Freund hat von seinem Vater, der in Westdeutschland lebt, eine Dunkelkammerausrüstung zur Entwicklung von Schwarz-Weiß-Bildern erhalten. Wir kopieren Bilder aus Westzeitschriften und verkaufen sie in unseren Schulen.

Mein erstes Transistorradio, ein hellblaues, russisches, aufladbares „Cosmos" für 99 Mark wird mein wertvollstes Jugendweihe-Geschenk. Ich bekomme es von meiner Lieblingstante. Es wiegt 200 Gramm und ist 60x70x30 klein. Am „verbotenen Teich", einer alten Kiesgrube, in der ein Braunkohlenwerk seine Abfälle entsorgt, sonne ich mich und höre mit Kopfhörern feindliche Radiosender: Radio Luxemburg und den deutschen Soldatensender. Die Lieder von Udo Jürgens, Nicole und Reinhard Mey höre ich besonders gern, weil sie für mich ausdrucksstark sind, die Zeit, die Probleme und mein Leben widerspiegeln. Sie erzählen von Freiheit, Gerechtigkeit und Liebe. Die Puhdys und Karat gehören natürlich auch dazu.

Die Wiedervereinigung vorausgesagt

1970 bekomme ich einen 1. Preis bei der „Jungen Welt", dem Zentralorgan der FDJ. Das Thema des Aufsatzes lautet: „Ein Tagesablauf am 08.01.2000." Ich bin einer von 500 Preisträgern. Die farbige Einladung im A4-Format ist auf Leinen gedruckt, damit sie in den kommenden 30 Jahren nicht vergilbt.

30 Jahre später erhalte ich trotz des Mauerfalls den Preis – eine Teilnahme gemeinsam mit meiner Frau am Bankett der sozialistischen Jugendzeitung in Berlin. Ich lerne den ehemaligen FDJ-Funktionär und letzten Staatsratsvorsitzenden der DDR, Egon Krenz (danach muss er ins Gefängnis), Karl Eduard von Schnitzler (er moderierte im DDR-Fernsehen den berüchtigten „Schwarzen Kanal"), Hans Modrow, den ehemaligen Vorsitzenden des DDR-Ministerrates, Radsportlegende Gustav-Adolf „Täve" Schur und andere persönlich kennen. Die prominente Preisträgerin und Olympiasiegerin im Eiskunstlauf Katarina Witt sehe ich nicht.

Der Radiosender RIAS Berlin findet mich erst zum Ende des Banketts. Beim Interview erfahre ich, dass recherchiert geworden ist und ich der Einzige bin, der 30 Jahre zuvor in der DDR die deutsche Wiedervereinigung im Jahr 2000 vorausgesagt hat.

Berufsausbildung und Träume

Ich möchte Rundfunkmechaniker werden und danach Journalistik studieren. Mein Vorbild ist Günter Wallraff. Ein Journalistik-Studium gibt es aber nur mit Abitur. Die Partei wirbt in diesem Jahr ausschließlich für Bau-Lehrberufe. Man erklärt mir, dass ein Grundberuf sehr wichtig sei und ich danach immer noch einen anderen Beruf ergreifen und sogar studieren könne.

Das erste Jahr bin ich in einer Klasse für Baufacharbeiter mit Abitur. Etwas auswendig zu lernen, das ich nie wieder benötige, mag ich nicht, außer bei Gedichten. Deutsch und Geschichte begeistern mich hingegen sehr. Mir wird empfohlen, in eine Klasse ohne Abiturabschluss zu wechseln. Nun spare ich ein Lehrjahr und verdiene schneller mehr Geld.

Während meiner Lehrzeit lerne ich, Stein auf Stein zu bauen. Ich schleppe zentnerschwere Zementsäcke und habe oft eine Bindehautentzündung.

In einem sehr kalten Winter errichten wir Lehrlinge unter Zeitdruck moderne Häuser für russische Offiziere. Unser Brigadier hasst die Russen. Die Fugen der Großraumplatten müssen wir nicht, wie gelernt, vollständig mit Zement füllen, damit sie sich verbinden. So geht es schneller und es winkt eine Zielprämie, sagt unser Brigadier. In den Pausen dürfen wir im „Russischen Magazin" einkaufen, wo es Dinge gibt, die in DDR-Läden eine Rarität darstellen. Am besten schmeckt das große, bunt verpackte Konfekt.

Nun bin ich Baufacharbeiter. Ich bin am Bau einer Schule und eines riesigen Wohnblocks beteiligt. Im Garten meiner Eltern, der lebenswichtig für uns ist, weil dort Obst und Gemüse angebaut werden, errichte ich mit meinem Vater und einem Freund eine neue Gartenlaube. Aus Mangel an Baumaterial putzen wir die alten Steine ab und verwenden sie wieder. Davor baue ich eine Terrasse, die wird so belastbar und fest, dass darauf ein Hubschrauber landen könnte.

Schreiben macht Spaß

Mit heftigen Zahnschmerzen gehe ich an einem Freitag zu einem Zahnarzt ins Kreiskrankenhaus und muss am Nachmittag noch einmal kommen, weil ich der letzte Patient bin und er nun seine Mittagspause hat. Beide Male wird mir nicht geholfen, weil ich erst in fünf Tagen 18 Jahre alt werde. Erst am Montag behandelt mich ein Kinder-Zahnarzt, der das Vorgehen seines Kollegen nicht versteht.

Ich verfasse über diesen Vorfall einen lustigen Artikel, der in der beliebten Zeitschrift „Eulenspiegel" unter dem Titel „Au Backe" veröffentlicht wird.

Fünf Wochen später erhalte ich eine Vorladung, weil mein Beitrag „einige schwerwiegende Beschuldigungen gegen Mitarbeiter enthält". Meine Mutter begleitet mich. Ich soll mich entschuldigen, aber ich weigere mich. Nachdem ich sage, dass ich die Redaktion „Eulenspiegel" auch über dieses Gespräch in Kenntnis setzen werde und persönliche Beziehungen zur „Leipziger Volkszeitung" unterhalte, entschuldigt man sich plötzlich bei mir.

Partei und DSF

Aus der Überzeugung heraus, nur auf diese Weise etwas in meinem Land verändern und verbessern zu können, werde ich, ohne dass ich dazu bedrängt werde, Mitglied der SED. Dass ich als Genosse aber auch noch „selbstverständlich" Mitglied der Deutsch-Sowjetischen Freundschaft (DSF) werden muss, überrascht mich sehr. Davon habe ich nichts gewusst, das möchte ich auch nicht, doch mir bleibt keine Wahl.

Das Einzige, was mir diese zwangsweise Mitgliedschaft einbringt, sind die monatlichen Mitgliedsmarken, die ich als Zahlnachweis in den Mitgliedsausweis klebe. Später versuche ich, aus der DSF auszutreten, um unnötige Ausgaben zu sparen, aber ich würde dann von der Partei als Klassenfeind abgestempelt werden.

Jahre später und nach einem Jobwechsel ignoriere ich einfach diese Mitgliedschaft und kein Hahn kräht mehr danach.

Filmpreisverleihung

Mit einem Beitrag gewinne ich 1971 einen von zwölf Sonderpreisen: eine Teilnahme an der Filmpreisverleihung der beliebten Jugendzeitschrift „Neues Leben" in Berlin. Neben Regina Beyer und Christina Reinhardt lerne ich Gojko Mitic, den legendären Winnetou der DDR, persönlich kennen und schätzen. Nach der offiziellen Preisverleihung in der 37. Etage des Interhotel Stadt Berlin lädt Gojko die Preisträger privat in ein Café Unter den Linden ein. Wir verbringen einen sehr unterhaltsamen, lustigen und interessanten Abend.

Kurz darauf erscheint in der „Leipziger Volkszeitung" mein Beitrag „Mein Treff mit Gojko Mitic". Ich möchte ehrenamtlicher Korrespondent der „Leipziger Volkszeitung" werden. Dazu ist es notwendig, eine Bestätigung der Parteileitung meines Betriebes vorzulegen, die ich erhalte.

Im Bereich Wort und Bild werde ich ein sehr aktiver Mitarbeiter, stehe dem Chefredakteur nahe und verfasse viele Beiträge. Der Chefredakteur unterstützt mich und ich schaue mir sehr viel, vor allem politische Diplomatie, von ihm ab. Ich fotografiere aber auch und entwickle die Schwarz-Weiß-Fotos selbst zu Hause, wobei ich das Familienbad blockiere.

Liebe

In einem Kinderferienlager freunde ich mich mit einem Mädchen an. An einem Abend sitzen wir lange schweigend auf einer Bank. Weil ich mich nicht traue, sagt sie einfach: „Du bist der Mann!" Dann küssen wir uns.

Nach dem Ferienlager sehen wir uns mehrmals wieder und ihr Bruder erklärt mir, dass sie in mich verliebt sei. Ich möchte noch keine feste Beziehung, sie ist mir zu aufdringlich und ich beende diese Beziehung, ohne sie zu kränken.

Im Haus gegenüber wohnt ein polnisches Mädchen in meinem Alter. Wir spielen sehr oft miteinander und mögen uns sehr. Eines Tages müssen wir uns verabschieden, weil sie wegziehen muss. Ihre Eltern haben für sie einen älteren, netten und vor allem sehr reichen Mann gefunden, der in seinem großen Haus auch eine Wohnung für ihre Eltern hat. Wir verabschieden uns unter Tränen.

Der Vater meiner nächsten Freundin ist der Chef der Volkspolizei der Stadt. Meine neue Freundin möchte am liebsten sofort und viele Kinder von mir. Sie gibt sich viel Mühe, mich davon zu überzeugen. Doch Kinder möchte ich noch nicht.

Ihr großer Bruder ist auch Polizist und stolz auf seine Langspielplatte von Heintje, die aus dem Westen kommt. Ich darf diese Lieder aber erst zu meiner Hochzeit mit ihr hören. Mir wird eine Karriere bei der Polizei versprochen, wenn ich den Grundwehrdienst von 18 Monaten absolviere, was mich nicht interessiert. Ich möchte – wie meine zwei Onkels – zum Grenzdienst.

Der 1. Sekretär der Stadtkreisleitung der SED lehnt das ab und begründet es meiner Ansicht nach sehr fadenscheinig. Aber wenn ich mich trotzdem für drei Jahre zur NVA verpflichte, verspricht er mir, dass ich danach auch ohne Abi für ein Jahr Volontär einer Betriebsleitung werden und danach selbstverständlich an einer Fachschule Journalistik studieren könne. Er setzt sich dafür ein, dass ich zum Fallschirmdienst komme. Damit bin ich überzeugt, denn es reizt mich, Fallschirmspringer zu werden.

Meine Freundin ist tief enttäuscht, dass ich mich für drei Jahre zur Armee gemeldet habe, und möchte, dass ich das rückgängig mache. Ihr Vater soll mir dabei helfen. Sie will nämlich auf gar keinen Fall so lange auf mich warten. Auch ihr Vater und ihr Bruder sind von mir enttäuscht. Wir trennen uns in Freundschaft.

In ihrer kleinen Wohnung besuche ich eine hübsche, sehr nette alte Bekannte, mit der ich in der FDJ-Stadtleitung ehrenamtlich tätig bin, um mich von ihr zu verabschieden, da ich dem Einberufungsbefehl folgen muss. Sie ist Kindergärtnerin und wir haben die gleiche Geburtsstadt. An unserem letzten langen Abend sagt sie zu mir: „Ich würde dir auf jeden Fall drei Jahre treu sein und auch länger warten!" Wir umarmen uns herzlich und verabschieden uns. Wir sind beide zu schüchtern, erst später verstehe ich, dass sie sehr in mich verliebt gewesen ist.

Als Unteroffizier inseriere ich in der Zeitung „Junge Welt", um eine Brieffreundschaft mit einem Mädchen zu beginnen. Ich werde belächelt, denn es gibt unzählige solcher Annoncen und viele sagen: „Da antwortet dir sowieso keine!" Ich weiß aber, dass ich mit meinem Inserat auffallen und imponieren muss. Schlussendlich erhalte ich 156 Zuschriften von Mädchen. Die Poststelle und viele meiner gleichaltrigen Genossen sind beeindruckt und neidisch.

Zehn Mädchen kommen in die engere Wahl und für eine entscheide ich mich. Sie hat eine Zwillingsschwester und ihr Vater ist Flugzeugingenieur. Beim ersten Besuch empfängt mich ihre ganze Familie, die sehr gespannt ist, ob ich die Zwillinge auseinanderhalten kann. Es gelingt mir auf Anhieb und die Mutter sagt voller Anerkennung, dass selbst ihr das nicht immer gelingt. Die Zwillingsschwester hat schon länger einen Freund.

Wir haben viel Spaß, verbringen meinen Urlaub miteinander und meine Eltern lieben sie sehr. Sie ist sehr ehrgeizig, was ihr Vater zu steuern weiß. Nach ihrem Abitur möchte sie Porzellanmalerin werden und studieren. Wenn ich mit ihrem Vater allein bin, versucht er mich davon zu überzeugen, dass ich doch die mir angebotene Offizierslaufbahn einschlage.

Zufällig lerne ich in der kleinen Garnisonsstadt ein etwas älteres, hübsches Mädchen kennen. Ich lasse die schon gekaufte Kinokarte verfallen und auf einer Parkbank in einem wunderbaren Rosengarten verlieben wir uns. Nun stecke ich in der Zwickmühle. Nur um mich sicher zu fühlen, erwecke ich in meiner neuen Freundin heftige Emotionen. Das tut mir leid, aber ich entscheide mich auch für sie.

Der Abschied von den Zwillingen fällt mir nicht leicht. Die vergebene Zwillingsschwester gibt mir mit auf den Weg: „Du tust mir ja so leid, wenn ich nicht schon einen Freund hätte, würde ich dich sofort nehmen!" Die kleine Schwester der beiden bedauert: „Leider bin ich noch zu jung für dich!" Im Gegensatz zur Mutter scheint mir der Vater sehr erleichtert zu sein.

37 Jahre später führen die Ford-Werke über eine Zeitschrift eine Ford-Bekennerumfrage durch, die drei Gewinner nehmen an einem Foto-Shooting in Berlin teil. Die Zeitschrift veröffentlicht darüber einen Bericht, den die Mutter meiner Exfreundin liest. Über Facebook werde ich gefunden – wir bleiben gute Freunde.

Nationale Volksarmee

Einen Tag vor der Einberufung mache ich mit meinem Vater Erinnerungsfotos. Auf ihnen bin ich mit einer damals sehr modernen Frisur zu sehen – die Haare reichen bis über meine Ohren. Danach gehe ich zum Friseur, um mir den bei der Armee üblichen, berüchtigten und kostenlosen Einheitsschnitt zu ersparen.

Im November beginnt mein dreijähriger „Ehrendienst" bei der NVA. Die vier Wochen Grundausbildung sind hart und die Ausbilder schikanieren uns permanent. Danach besuche ich die Unteroffiziersschule der Luftstreitkräfte. In der Baracke gegenüber wohnen Offiziersschüler, sie werden noch unbarmherziger gedrillt als wir. Zur Ausbildung zum Unteroffizier gehört ein spezieller Gesundheitscheck in Kamenz, wo wir auf Höhentauglichkeit geprüft und eingehend untersucht werden.

Mehrmals wird mir eine Ausbildung zum Jagdflieger und Offizier schmackhaft gemacht. Da ich das Angebot ausschlage, soll ich Politoffizier werden. Doch ich lehne jede Offiziersausbildung dankend und mit der Begründung ab, dass ich nach der Armeezeit Journalistik zu studieren gedenke. Natürlich sage ich nicht, dass ich kein Berufsoffizier werden möchte.

Ich werde zum Flughafen Preschen versetzt und arbeite nun beim Fallschirmdienst als Fallschirmwart und Höhenschutzmechaniker. Am 12.10.1973 findet endlich mein erster Fallschirmsprung statt: aus 800 m Höhe, mit dem Fallschirm RS-4-3, aus einer AN2, Absetzgeschwindigkeit 150 km/h. Beim zweiten Fallschirmsprung ist das Wetter nicht so schön. Unser Gruppenführer bleibt zwischen Bäumen hängen und wir erlösen ihn lachend aus seiner misslichen Lage, indem wir einen Baum fällen.

Erst mit einiger Verspätung erzähle ich meiner entsetzten Mutter von meinem neuen Sport. Mein Vater freut sich sehr und ist stolz auf mich. Insgesamt absolviere ich 37 Fallschirmsprünge und betreue zweieinhalb Jahre lang Offiziere der Jagdfliegerstaffel „Wladimir Komorow". Eine meiner wesentlichen Aufgaben besteht darin, Tausende Bremsfallschirme, aber auch die Rettungsschirme der Piloten und ihre Notpakete zu packen. Die Jagdflieger vertrauen und bewundern uns, da wir unsere Fallschirmsprünge voller Leidenschaft absolvieren. Die meisten haben Angst davor, sich aus dem Flugzeug zu katapultieren.

Dienstag, Donnerstag und Samstag sind Flugtage. Bei Manövern und Tiefflugübungen betreuen wir die Piloten in einem Bunker auf dem Flugplatz und hören die nahen Einschläge ihrer Geschütze. Diese Übungen sind für die Piloten aufgrund der geringen Flughöhe lebensgefährlich. Ich nehme an zwei feierlichen Piloten-Beerdigungen teil, einen der Piloten habe ich betreut.

An den Flugtagen erhalten wir die Sonderverpflegung der Piloten und leben dann wie die Fürsten. Das Geschwader wird auch „Bockwurstgeschwader" genannt. Seine Angehörigen nennen sich selbst „Lotschiks". Ein Mittagsgericht, Kartoffelbrei mit zerkleinerter Blutwurst, kenne ich als „Tote Oma", die Piloten freuen sich immer sehr darauf und nennen es „Toten Lotschik".

Während ich sie in ihre Druckanzüge quetsche und fest darin einschnüre (ohne Hilfe kommen sie aus ihren Anzügen nicht mehr heraus), berichten mir die Jagdflieger von ihrer strengen Ausbildung, dem hohen Risiko ihres Jobs und warum sie Jagdflieger geworden sind. Viele haben sich dafür entschieden, weil sie voller Begeisterung fliegen, andere aus finanziellen Gründen.

Nur wenige nennen mir politische Gründe, obwohl sie unter diesem Aspekt ausgewählt worden sind. Froh kommen sie zurück und erzählen mir von ihren Einsätzen.

An Sonn- und Feiertagen ist kein Flugdienst, aber einer von uns schiebt Bereitschaft, weil wir permanent mit westlichen Aggressoren rechnen müssen. Im Sommer sonne ich mich oft auf dem Flachdach des Fallschirmsprunglagers. Neben mir liegt mein Funkgerät, das mich nie stört.

Wir haben einen großen, dicken Spieß, ein ehemaliger Feldwebel. Er wird „Raffke" genannt, weil er alles braucht und an sich rafft. Er ist sehr stolz, den gerade erst eingeführten Dienstgrad „Fähnrich" zu tragen, den er aufgrund seiner langjährigen Armeezugehörigkeit zuerkannt bekommen hat. Seine Schrankkontrollen sind berüchtigt und seine fiesen Strafen auch. Wenn er jemanden nicht leiden kann, findet er immer einen Fehler im Spind und wirft dann alles auf den Boden, ohne Rücksicht auf Privatsphäre. Gern lässt er seinen langen Flur bis zur Kleiderkammer wischen und bohnern.

Unser Chemiker nimmt Raffke seine eigentlichen Aufgaben ab, die dieser, ebenso wie Mathematik und Grammatik, nicht beherrscht, und genießt dadurch besondere Privilegien, die auch uns zugutekommen. Raffke ernennt unseren Chemiker zum Stabsgefreiten. Dem gefällt das überhaupt nicht, weil er aufgrund dieser Spezialisierung weitere Einberufungen fürchten muss.

In der Kaserne und auf dem Flugplatzgelände herrscht absolutes Alkoholverbot, nur Offiziere erhalten im Offizierskasino Alkohol ausgeschenkt. Durch einen Drahtzaun verlassen in der Nacht regelmäßig Soldaten unerlaubt das Gelände und kaufen in der nahen Gaststätte Alkohol. Ich bin in einem Achtbettzimmer untergebracht. An vielen Abenden ignoriere ich meine trinkenden Mitbewohner, lese oder zwinge mich zum Schlafen.

Unser Chemiker hat schon lange seinen Grundwehrdienst absolviert und besitzt keine militärischen Spezialkenntnisse. Schon zum vierten Mal ist er zum Reservistendienst eingezogen worden und hat das Gefühl, gemobbt zu werden. Er meint, dass er politisch schikaniert werde, weil er in seinem Institut offen seine Meinung sage und die Partei und die Staatsführung kritisiere. Er hasst den Staat und äußert das auch hier. Gegen Bezahlung versorgt er die Leute mit Alkohol. Waschbenzin beschafft er sich gratis, destilliert es, mischt es mit Cola und füllt es in Cola-Flaschen.

Eine seiner weiteren Tätigkeiten besteht darin, mit einer sterilisierten Nadel das Fallschirmsprungabzeichen auf den Oberarm zu tätowieren. Viele wünschen sich das, um im Sommer damit aufzufallen. Die freiwilligen Opfer nehmen den Schmerz gern in Kauf und betäuben sich mit Alkohol. Ich bleibe als eine der wenigen Ausnahmen ohne Tätowierung.

Mit meinem Offizier und einem weiteren Unteroffizier habe ich ab und zu nächtliche Streifendienste im Standortbereich zu absolvieren, diese beinhalten, Soldaten im Ausgang zu kontrollieren, damit Ordnung, Sicherheit und Pünktlichkeit eingehalten werden. Wenn unser Fallschirmdienst diesen Dienst versieht, müssen wir selten eingreifen, weil wir den Leuten großen Respekt einflößen. Zu Beginn suchen wir immer eine Gaststätte in Grenznähe zu Polen auf. Der Wirt führt uns sofort in einen separaten Raum, dort essen wir und trinken Bier. Den von den Kameraden bestellten Alkohol tragen wir zu unserem Jeep und befördern ihn in die Kaserne. So wird die strenge Einlasskontrolle umgangen, denn wir werden niemals durchsucht. Danach kontrollieren wir routinemäßig die Gaststätte.

„Ich bin ein kleines Sturmgepäck und sitze auf dem Schrank und weil ich noch ein Rotarsch bin, sitz ich hier oben gern!" Das müssen neue Rekruten in unserer Stube singen, wenn man sie zwingt, sich in Unterhosen und mit dem Sturmgepäck auf dem Rücken auf ihren Spind zu setzen. Auf dem langen Flur kegelt man mit ihnen und unterwirft sie anderen Schikanen, bis endlich die Tränen fließen. Das hat Tradition, passiert aber nur Rekruten, die nicht stark genug sind, um sich zu wehren. Alle Reservisten, auch unser Chemiker, beteiligen sich an diesem demütigenden Ritual. Offiziell ist es natürlich streng verboten, aber keiner beschwert sich und sowohl Spieß als auch Kompaniechef schauen weg. Als ich gekommen bin, hat keiner gewagt, mich derart zu erniedrigen, und ich toleriere die Spielchen nur so lange, bis sie zu eskalieren drohen. Dann schreite ich ein und nehme den neuen Rekruten in Schutz.

Einer meiner Beiträge ist in der „Armeerundschau" in der Rubrik „Postsack" erschienen. Plötzlich kommt ein Brief vom Ministerrat der DDR, denn mein Beitrag ist als Eingabe gewertet und an das Ministerium für Nationale Verteidigung weitergeleitet worden. Die schriftliche Antwort auf das von mir angesprochene Uniformproblem ist sachlich und bringt die Lösung.

Viele meiner Kollegen schießen gern, weil die Besten Sonderurlaub erhalten. Ich treffe gut, aber das häufige und stundenlange Putzen der Kalaschnikow, die dazu auseinandergenommen werden muss, nervt mich.

Eines Tages werde ich, das passiert wenigen, mit einem Bild vor der Truppenfahne ausgezeichnet. Ich weiß nicht, warum mir diese Ehre zuteilwird. Qualifizierungsspangen und das Bestenabzeichen werden hingegen häufig verteilt.

Bei Übungen wird mit scharfen Handgranaten geworfen. Die Ausbilder haben davor großen Respekt, weil manche Anfänger die Handgranaten aus Angst oder Ungeschick nicht schnell oder nicht weit genug werfen. Zu ihrer eigenen Sicherheit nehmen sie die Angelegenheit manchmal lieber selbst in die Hand.

Wenn wir in unseren Uniformen mit Fallschirm Aufnähern und Fallschirmsprungabzeichen im Ausgang sind, wird es unheimlich still in den Kneipen der Garnisonsstadt und jeder Streit verstummt, weil man von uns Fallschirmjägern erwartet, dass wir über eine spezielle Kampfausbildung verfügen und hart durchgreifen können.

Im Politunterricht werden wir gefragt, ob wir auf unseren Bruder schießen würden, wenn dieser uns als Westdeutscher mit einer Waffe gegenüberstünde. Ein 19-Jähriger antwortet ehrlich „Auf keinen Fall!" und wird mit drei Tagen Arrest bestraft.

In meinem letzten Sommer bei der Armee zieht unser Kampfgeschwader für wenige Wochen auf einen Militärflugplatz, wo ein Zeltlager aufgebaut ist. Ein altes Transportflugzeug bringt uns und unser Fallschirmlager in geringer Flughöhe hin. Auf dem Flug müssen wir uns an den Sitzen festhalten, da es keine Sicherheitsgurte gibt. Für kurze Zeit bin ich in meiner Heimat.

Als Erinnerung an meine Zeit beim Fallschirmdienst bekomme ich einen Bremsfallschirm geschenkt.

Jeder Entlassungskandidat (EK) hat ein Bandmaß. Pro Tag wird ein Stück abgeschnitten und auf eine „Rotkäppchen" Sektflasche geklebt. Alle EKs des Jagdfliegergeschwaders nehmen traditionellerweise in ihren letzten Tagen nicht mehr am Frühsport teil. Danach muss jeder einzeln zum Kompaniechef. Ich sage ehrlich, dass ich für die letzten drei Tage – wie alle EKs – genug vom Frühsportdrill habe. Der Major stellt eine schwere Pflichtverletzung fest – alle anderen haben Erkältungen vorgetäuscht. Ich muss als Einziger von acht meine Sachen packen und werde bis zu meiner Entlassung zu Arrest verurteilt.

Zuvor muss ich mich aber einem Lazarettarzt vorstellen. Diesem berichte ich von meiner „unglaublichen" Straftat. Er diagnostiziert eine schwere Erkältung, die auskuriert werden muss. Ich bleibe im Lazarett und habe ein komfortables Einzelzimmer mit Fernseher.

Am vorgeschriebenen Tag muss mich mein Kompaniechef in Ehren entlassen. Lächelnd sage ich ihm, dass ich immer ehrlich sei und es mir nun auch wieder besser gehe. Er schweigt und schaut mir nachdenklich nach.

Hochzeit

Jedem, der einer Hochzeit in Uniform zustimmt, bezahlt die NVA die gesamte Feier. Wir möchten das aber auf gar keinen Fall und bringen das Geld lieber selber auf.

Unsere Hochzeitsreise führt uns mit Jugendtouristik nach Bulgarien, und zwar nach Pamporowo am Fuße des Sneschanka-Gipfels und nach Nessebar an der Schwarzmeerküste. Die Vorgabe, dass sich vor der Reise alle Teilnehmer mehrmals treffen, können wir nicht erfüllen, doch wir finden Verständnis bei unserem Berliner Reiseleiter, der unsere Anwesenheit dokumentiert. Auf der Hochzeitsreise werden wir lebenslange Freunde.

Da ich in dieser Zeit auch Geburtstag habe, werden wir um Mitternacht von unserer Reisegruppe geweckt, sie setzen Eidechsen in unserem Zimmer aus und wir feiern fröhlich. Plötzlich klopft es an die Zimmertür. Ein Gast beschwert sich, dass er wegen des Lärms nicht schlafen könne, und fragt, was los sei. Wir erklären ihm, dass wir auf Hochzeitsreise seien und ich außerdem Geburtstag habe. Er schmunzelt und erkundigt sich, ob er mitfeiern dürfe, obwohl er Bayer sei. Dann verschwindet er kurz und kommt mit Weinflaschen im Arm zurück. Weit weg von der Staatssicherheit feiern wir meinen deutsch-deutschen Geburtstag bis in die frühen Morgenstunden.

Unser Reiseleiter besuchen wir nach der Hochzeitsreise oft. Er wohnt sehr nahe an der Berliner Mauer. Wenn wir zur S-Bahn gehen, fühlen wir uns wie im Zoo. Von einem Aussichtsturm in Westberlin beobachten uns oft Touristen und ganze Schulklassen.

Mehrmals stehen wir mit seiner Familie Silvester an der Berliner Mauer, Ost und Westberliner jubelten sich zu und die DDR Grenzer schweigen aus Angst vor Grenzprovokationen.

Mein Schwiegervater ist Kulturhausleiter und hat eine moderne Neubauwohnung, in der meine Frau, die seit dem frühen Tod ihrer Mutter Vollwaise ist, als Adoptivtochter glücklich aufgewachsen ist und den Haushalt geführt hat. Er heiratet eine Frau, die aus Westdeutschland in die DDR umgesiedelt ist, arbeitet für ein Kabarett und leitet ein Jugendkabarett. Zu den Arbeiterfestspielen besuchen wir ihn und seine Kabarettveranstaltungen oft und gern.

Versprochen ist versprochen!

Drei Jahre nach dem Ende meiner Armeezeit erinnere ich den 1. Sekretär der SED-Kreisleitung an sein Versprechen, das er inzwischen vergessen hat, dennoch werde ich zu 50% Volontär einer Betriebszeitung. Nach einem Jahr, verspricht der Funktionär, könne ich auch ohne Abi Journalistik studieren. 667 Betriebszeitungen gibt es in der DDR, sie sind das politische Führungsinstrument der Betriebsparteiorganisationen der SED.

In einem Braunkohlenkombinat arbeite ich im Wechsel von vier Wochen als Volontär und Ofenmaurer in noch heißen Asbestöfen – ohne Arbeitsschutzmittel und in Rekordzeit. Ich scheue die Arbeit nicht und erwerbe mir schnell das Vertrauen meiner älteren Kollegen.

In Schlips und Kragen arbeite ich dann zusammen mit der Betriebsdirektion als Volontär in der Betriebszeitung und weise auf Missstände hin. Meine Ofenmaurerkollegen lesen meine Beiträge voller Genugtuung.

Eine kleine, reizende Stadt wird der Braunkohle geopfert und die F95, eine Fernverkehrsstraße, wird dafür umgeleitet. Tradition, Tränen und Proteste helfen nichts. Ich interviewe viele der Betroffenen in ihren schmucken Eigenheimen. In einer Kreisstadt werden für sie „bessere", weil Neubauwohnungen mit Fernheizung bereitgestellt und es wird auch eine Kaufhalle gebaut.

Als Schüler ist diese Stadt meine Zwischenetappe auf einer Tagesfahrradtour von jeweils 50 km in die Großstadt und zurück gewesen. Damals haben sich die Bagger zwar schon bedrohlich genähert, aber noch keine wirkliche Gefahr dargestellt.

Wie sich zeigt, ist ein Studium für mich doch nicht möglich, aber man verspricht mir einen Festvertrag in der Betriebszeitung, sobald eine Planstelle frei wird. Leider ist das in den nächsten fünf Jahren nicht der Fall. Mein Chefredakteur und der Kombinatsdirektor versuchen vergeblich, für mich eine zusätzliche Planstelle von der SED-Kreisleitung zu bekommen. Auch der langjährige Chefredakteur der LVZ Kreiszeitung, bei der ich als Volkskorrespondent schon viele Jahre aktiv bin, kann mir nicht helfen. Nach elf Monaten gebe ich meinen Traum, Journalist zu werden, auf.

Transportpolizei

1976 wird unsere Tochter geboren. Ein Onkel wirbt mich für die Transportpolizei an, bei der er selbst für ein gutes Gehalt und in Zivil arbeitet. Ende des Jahres unterschreibe ich meinen Dienstvertrag als Transportpolizist. Zu spät erfahre ich, dass mein verstorbener Vater von seinem Bruder häufig, aber vergebens angeworben worden ist. Eine Mindestdienstzeit von zehn Jahren ist Pflicht und ich muss eine Grundausbildung als Schutzpolizist absolvieren. Während dieser Grundausbildung lehne ich eine Karriere als Politoffizier ab.

Auf der Polizeischule gehöre ich zu einer kleinen, privilegierten Gruppe, die Einblick in die kriminalistische Praxis erhält und im Ausgang keine Uniform tragen muss. Einer meiner Genossen ist der Sohn eines hohen Offiziers. Er versorgt uns mit vielen erotischen Liedern aus der BRD, viele habe ich zuvor noch nie gehört. Sechs Monate nach der Ausbildung erfahre ich beim Antritt des ersten Dienstes meine Aufgaben. Ich begleite mit einer Gruppe Reisezüge bis zur Grenze. In den Zügen werden Waschräume und Toiletten nach Schmuggelware durchsucht und in den Decken der Toiletten könnte sich ein Flüchtling verstecken. Zum Glück passiert so etwas sehr selten und nicht mir.

Ich lerne Psychologie, habe eine Pistolenausbildung und wir mischen uns unter die Reisenden. Meine Englischkenntnisse erweisen sich dabei als überaus vorteilhaft. Ich arbeite im Drei-Schicht-System. Eine Schicht umfasst 12 Stunden, manchmal wird es aber auch länger und ich habe einen Heimweg mit dem Zug von eineinhalb Stunden.

Ich lerne viele Menschen kennen und vervollkommne mein Weltbild. Mit einem Pfarrer im mittleren Alter, spreche ich lange über Gott und die Welt. Ich bin evangelisch getauft, aber kein Kirchengänger. Er verschafft mir unvergessliche Argumente für ein Leben in einer wirklichen Demokratie, ohne Stacheldraht und Mauer, mit Meinungs- und Pressefreiheit und im friedlichen Zusammenleben von Menschen unterschiedlicher Nationen, wie ich es von meinen Brieffreunden weiß.

Meine Berichte erscheinen sehr überzeugend, entspringen aber meistens meiner Fantasie, da ich nur so Menschen schützen kann. Keiner sagt uns, wer unsere Arbeit auswertet, man kann es nur ahnen. Von Anfang an fühle ich mich getäuscht und missbraucht, sodass ich den Dienstvertrag vorzeitig auflösen möchte. Dies würde aber als Vaterlandsverrat eingestuft werden.

Zum Deutschen Turn- und Sportfest wünscht sich mein Dienststellenleiter eine persönliche und tägliche Berichterstattung sowohl über die sportlichen Erfolge als auch über die Stimmung. Ein älterer Genosse, der fotografische Erfahrungen besitzt, und ich, der Presseerfahrungen hat, werden dafür abkommandiert. Gefragt werde ich nicht. Eine Woche lang bin ich mit meiner privaten Fotoausrüstung und einem Sonderausweis auf allen Sportveranstaltungen zugegen. Jeden Abend entwickeln wir große Schwarz-Weiß-Fotos im Labor der Dienststelle, die mein Genosse versehen mit meinen Kommentaren und Interviews am nächsten Morgen unserem Chef vorlegt. Am Ende bekomme ich einen Händedruck und mein Kollege eine Geldprämie.

Die Motorradprüfung Klasse 1 habe ich schon 1972 in der Gesellschaft für Sport und Technik (GST) kostenlos absolviert. Jetzt mache ich die Autoprüfung zum Preis von 140,80 Mark (lt. Preisliste von 1959). Die Wartezeit auf einen Trabant, Wartburg, Skoda oder Dacia beträgt mindestens zehn Jahre. Mit inzwischen zwei Kindern können wir uns kein Auto leisten und Kredite gibt es dafür nicht.

Unsere Mitgliedschaft in einer Arbeiterwohngesellschaft (AWG) setzt für die Großstadt, eine Zuzugsgenehmigung voraus,

die meine Dienststelle und die neue Arbeitsstelle meiner Frau be-
fürworten. Die Wohnungsvergabe findet in der Aula der Univer-
sität statt. Jedes AWG-Mitglied muss eine Nummer ziehen, danach kann man sich in der jeweiligen Reihenfolge eine der ca. 180
verfügbaren Wohnungen aussuchen. Einige Wohnungen sind
aber in den Grundrissen gestrichen – sie sind bereits im Voraus
vergeben. Da ich die Nummer 9 ziehe, kann ich schon bald – und
zufrieden – die Veranstaltung verlassen.

Meine Frau beginnt eine leitende Tätigkeit im neuen und besten Interhotel der Stadt. Mein Chef ist der Dienststellenleiter. Sein
Stellvertreter ist sein jüngerer Bruder, der beliebter, aber ihm
dienstgradmäßig unterstellt ist. Mein Chef verlangt von mir, dass
ich mich, wie andere auch, scheiden lasse, da meine Frau nun
Westverbindungen hat.

Eines Abends steht mein Chef unangekündigt vor unserer
Wohnungstür. Meine Frau erteilt ihm eine Abfuhr und er verlässt
wütend das Haus. Was nun folgt, sind viele Einzel- und Gruppen-
gespräche, in denen ich überzeugt werden soll, mich von meiner
Frau zu trennen. Als ich erkläre, dass ich zu meiner Frau und meiner Familie stehe und deshalb meinen Dienstvertrag auflösen
möchte, werde ich ausgelacht, denn ich habe mich schriftlich auf
zehn Jahre verpflichtet.

Eine vorzeitige Entlassung

Mein Chef bezeichnet mich als Staatsfeind und droht, er werde mich in den Knast befördern, wenn ich mich weiterhin weigere, seinen Befehlen nicht Folge zu leisten.

Im März 1978 findet eine Parteiversammlung mit ca. 100 Polizisten statt. Sobald die Redner, deren Beiträge vorher abgestimmt werden, fertig sind, wird danach gefragt, ob noch jemand einen Diskussionsbeitrag habe.

Nun beginnt mein Auftritt. Ich melde mich, gehe nach vorn zum Rednerpult und sage 30 Minuten lang die Wahrheit, wobei ich mich auf die Verfassung und das Parteistatut berufe und erkläre, dass ich aus politischen Gründen keinesfalls meine Ehe beenden werde und dass auch andere leitende Berufe für den Staat sehr wichtig seien. Eisiges Schweigen schlägt mir entgegen, doch die finsteren, roten Gesichter meiner Vorgesetzten amüsieren mich lediglich.

Am nächsten Tag muss ich vor die Parteileitung, wo mir mitgeteilt wird, dass ich nicht befugt gewesen sei zu sprechen. Das ist mir nicht bekannt gewesen. Umgehend schreibe ich an den Ministerrat des MDI, Generaloberst Dickel, Chef der DVP, nach Berlin und bitte dort um die Auflösung meines Dienstvertrags aus persönlichen Gründen. Völlig überraschend werde ich zu einem Gespräch mit meinem Chef und einem mir unbekannten Herren aus Berlin gebeten, wo man mir nur die Frage stellt, ob ich bei meiner Auffassung bliebe. Danach darf ich wieder gehen und werde sofort an den Einlassdienst versetzt. Keiner darf mehr ein Wort mit mir wechseln.

Mir steht eine schwere Zeit bevor, aber schlussendlich haben sich die elf Monate psychischer und politischer Kampf und meine Eingabe an den Ministerrat der DDR, gelohnt. Sechs Jahre vor der

Zeit beende ich meinen Polizeidienst mit einem Aufhebungsvertrag und werde als Obermeister in Ehren entlassen. Mein Major verabschiedet sich mit den Worten: „Für mich sind Sie ein Staatsfeind. Sie haben mehrmals bei der Armee und bei mir eine Offizierslaufbahn abgelehnt." Danach lässt er meine Entlassungsurkunde noch schnell ändern, weil dort „a.d." steht, aber ich sage lächelnd: „Ich wollte die sowieso nicht an meine Haustür hängen."

Nach dem Mauerfall kommt mir der Bruder des Majors mit einem Westbeutel in der Hand aus einem Supermarkt entgegen. Als er mich erkennt, ändert er hastig die Richtung.

Nach meiner Entlassung aus dem Polizeidienst benötige ich innerhalb von 14 Tagen einen neuen Job. Ich sage dem Chef des Rats der Stadt Mitte, es sei schön, dass er mich brauche und einstellen möchte, aber wenn das nicht reibungslos funktioniere, habe ich kein weiteres Interesse an dieser Stelle, schließlich sei ich arbeitslos. Ich drohe damit, mich mit einem Schild und der Aufschrift „Erster Arbeitsloser der DDR" auf den Markt zu stellen. Sofort bin ich eingestellt und nun ein Wohnraumlenker. Es gibt zwar keine Wohnungen zu vergeben, aber viele leere Versprechungen und politische Parolen.

Jede Woche führe ich, nur zur Beruhigung, Besichtigungen bei Bürgern durch, die auf der Dringlichkeitsliste seit Jahren ganz weit oben stehen. Nicht selten lehne ich Bestechungsversuche, auch sexueller Art, ab. Ich bin erschüttert über die Zustände, die ich zu sehen bekomme. Noch mehr aber entsetzt mich, wie unehrlich und arrogant die Abteilung Wohnungspolitik mit den Bürgern umgeht. Ich erkenne und bekämpfe vier Monate erfolgreich Korruption, wodurch ich in meinem zuständigen Wohngebiet, Mitte, Bürgern schneller helfen kann, da ich mehr Wohnungen als andere Mitarbeiter erhalte. Die Chefin der Wohnraumlenkung atmet auf, als ich einen Aufhebungsvertrag wünsche. Viele Bürger hingegen bedauern diesen Schritt.

Betriebsausflug ins Grenzgebiet

Im Zuge eines Betriebsausfluges der Hotelabteilung meiner Frau, an dem ihre Mitarbeiterinnen, deren Familien und unsere Kinder teilnehmen, fahren wir nach Schönberg/Oelsnitz ins Vogtland. Nachdem der Schaffner unsere Fahrkarten kontrolliert hat, taucht eine Streife der Grenzpolizei auf. Ein junger, streng dreinblickender junger Leutnant schenkt unseren Beteuerungen, dass wir nur einen Betriebsausflug machen, keinen Glauben und verwickelt uns in eine längere Diskussion.

Auf dem Bahnhof steigen wir in einen Linienbus um, der uns zu unserer Pension bringt. Plötzlich sehen wir, dass uns ein Militär-Motorrad folgt. Wir winken unserem Grenzpolizisten zu, der uns bis zum Hotel hinterherfährt.

Er handelt äußerst pflichtbewusst nach dem Strafgesetzbuch §213, aber er hat trotzdem Pech, denn wir wollen die DDR gar nicht illegal verlassen.

Werbung und Messen

1982 wird unser Sohn geboren. Durch die Vermittlung eines Freundes bewerbe ich mich in einem Messehaus im VVB Werbebüro. Der Chef stellt sich mir vor: „Wir duzen uns alle und frühstücken auch jeden Morgen zusammen." Ihm imponiert mein mutiger, freiwilliger und vorzeitiger Austritt aus der Transportpolizei.

Ich arbeite als Technologe für die Vorbereitung, Durchführung und Liquidierung der zwei jährlichen Messen und für die Vorbereitung von internationalen Messen (oft im tschechischen Brünn) für die sieben Möbelkombinate der DDR. Der Chef wird im Büro angehimmelt und sehr verehrt, was ihm bewusst ist und ihn amüsiert. Der Jurist und ich verhalten uns neutral und werden vom Chef respektiert.

In der Halle 15 präsentiert sich im Herbst die Möbelindustrie der DDR.

Es ist wichtig zu der Hallenchefin guten Kontakt zu halten, deshalb bekommt sie vor jeder Herbstmesse Geschenke. Sie sorgt sich immer zuvorkommend um unsere Aufbaukräfte, die die Messestände aufbauen und akzeptiert unsere Sonderwünsche.

„Schorsch" ist SED-Mitglied und trauert noch immer seiner SPD nach, die mit der KPD 1946 zwangsvereinigt worden ist. Er ist der Herrscher über ein riesiges Fundus Lager in der obersten Etage des ehemaligen Leihhauses. Hier gibt es genug, um mehrere Wohnungen modern und komplett einzurichten. Wir benötigen diesen Fundus, damit sich unsere Generaldirektion auf den Messen entsprechend präsentieren kann.

Vor jeder Messe fährt ein Technologe, oft ich, in die Hauptstadt Berlin, wo die Begleitpapiere für die Messe genehmigt werden. Das Gebäude befindet sich unmittelbar an der Mauer, dahinter steht das Axel-Springer-Hochhaus. Mit meinem Ministeriumsausweis passiere ich den bewachten Eingang. Im Inneren des Hauses sind die Fenster zur Hinterfront nur noch zwei, drei Meter von der Mauer entfernt. Wer einmal in diesem Haus ist, kommt ungehindert nach Westberlin, was aber noch nie geschehen ist.

Jedes Jahr finden in den Produktionsbetrieben Hausmessen statt. Zu diesen internen Messen reisen Architekten und Technologen an, um sich zu informieren und Bestellungen aufzugeben. Immer wieder sind die Direktoren der Betriebe an ihrem Limit angelangt, müssen aber die gewünschte Menge an Möbeln zusätzlich anfertigen.

Vier Wochen nach meinem Eintritt wird das Werbebüro verstaatlicht. Das Holzkontor Berlin und unser Büro gehören nun zum Ministerium für Bezirksgeleitete Industrie und Lebensmittelindustrie. Unser Chef bleibt, ist aber wegen der Verstaatlichung sehr bedrückt und freut sich nur noch auf seine baldige Rente. Der Jurist wird Sekretär des Messestabes und zieht in ein anderes Messehaus.

Wir sind drei SED-Genossen, der Justiziar, Schorsch und ich, und sollen uns einer großen Parteigruppe unterordnen, mit denen wir nichts zu tun haben. Wir berufen uns auf das Statut und überzeugen die SED-Stadtbezirksleitung, dass wir drei unsere eigenständige Parteileitung gründen. Der Justiziar wird Parteisekretär, ich sein Stellvertreter und Schorsch (etwas anderes will er nicht) ist unser Kassenwart. Vermutlich sind wir die kleinste Parteileitung unseres Landes.

Unser Chef hat seinen 60. Geburtstag und das Werbebüro feiert mit ihm den ganzen Tag. Die Gratulanten geben sich die Türklinke in die Hand, alle, die ihn kennen, brauchen oder verehren, kommen, um ihn zu beglückwünschen und mit ihm zu feiern. Als

Erste erscheinen hohe SED-Funktionäre und danach natürlich der sowjetische Stadtkommandant.

Drei- bis viermal im Jahr wird auch in der Stadtkommandantur gefeiert. Dann sind auch mein Chef, sein Parteisekretär und dessen Stellvertreter eingeladen. Ich bemühe mich, diese Einladungen möglichst zu umgehen, weil der Wodka in Strömen fließt und es eine schwere Beleidigung für den Kommandanten darstellt, wenn man seine ständigen Toasts auf die DDR und die ruhmreiche UdSSR nicht mitmacht. Das Glas muss immer ex geleert werden. Nur mein Chef hält mit, der Justiziar und ich sorgen hingegen dafür, dass die Grünpflanzen möglichst viel abbekommen.

Der Adjutant des Stadtkommandanten ist in meinem Alter und erzählt allerlei interessante Geschichten, die meine seit der Kindheit bestehende Meinung über die angebliche deutsch-sowjetische Freundschaft bestärken. In Güterzügen fährt der Stadtkommandant nach Hause, was er finden kann. Das meiste bekommt er natürlich von zentralen Stellen geschenkt, vor allem Möbel und technische Geräte, die er mehrfach benötigt, weil er sie zu Hause gewinnbringend verkauft. Soldaten dürfen keine Waren aus der DDR ausführen.

Da die Möbel- und Fundusverkäufe an das A&V Versteigerungshaus immer mehr und inzwischen geradezu skurrile Freundschaftspreise erzielen und das meiste nach den Messen bei Privaten landet, entschließt sich die Parteileitung mit zwei Stimmen, dagegen aufzutreten, und informiert die SED-Stadtbezirksleitung. Die leitet das Problem an die Bezirksleitung weiter und diese wieder aufgrund der Zuständigkeit an die Stadtbezirksleitung zurück. Parteisekretär und Stellvertreter werden von der SED-Stadtbezirksleitung mit einer Rüge bedacht, weil sie über die Korruptionsfälle nicht rechtzeitig Meldung erstattet haben. Mein Justiziar überzeugt mich vor der Bekanntgabe unserer Verurteilung, diese Ungerechtigkeit aus juristischen Gründen zu akzeptieren. Das Problem selbst wird vertuscht und alles bleibt, wie es ist, da auch hochrangige Funktionäre davon profitieren. Ich lerne: Wer im Recht ist, muss nicht immer recht bekommen.

Nach der Fusionierung darf ich mich Gruppenleiter für Beschaffung nennen, dieser Titel ist mir aber nicht wichtig, denn meine Tätigkeit hat sich nicht verändert. Plötzlich muss ich aber „irgendeinen" Fachschulabschluss nachweisen, um meine neue Stellung behalten zu dürfen. Eine Fachschule für Marxismus/Leninismus würde ich mit Bravour abschließen, aber ich möchte das nicht und entscheide mich für ein viereinhalbjähriges Fernstudium für Ökonomie, Fachrichtung Sozialistische Planung, denn ich will wissen, wie man Planung und Wirtschaft verbessern kann.

Mein Fernstudium endet nach viereinhalb Jahren mit einem Studiennachweis, aber ohne den Titel Ökonom. Ich lerne nur das, wovon ich überzeugt bin. Vor allem aber kritisiere ich die Wirtschaftspolitik der DDR und belege meine Ausführungen durch Argumente, die ich mir in jahrelanger Erfahrung und beruflicher Praxis angeeignet habe. Die Theorie entspricht ganz und gar nicht der Praxis.

Auf Anraten des zuständigen Fachlehrers für Finanzen wechseln zwei meiner Kommilitonen vor der Prüfung von der Fachrichtung Planung in die Fachrichtung Finanzen. Der Fachlehrer unterhält eine sexuelle Beziehung zu einer der beiden Kommilitonen und ich ertappe sie eines Tages in flagranti. Die Leitung der Fachschule schützt natürlich ihre Lehrkräfte, alles wird abgestritten.

Da ich nun keinen richtigen Fachabschluss erhalte, werde ich trotz meiner sechsjährigen Berufserfahrung aufgrund „mangelnder Qualifikation" in einen anderen Betriebsbereich versetzt, wo ich für den Versand zuständig bin, was fachlich eine Degradierung bedeutet.

Meine Direktion unterstützt meinen ersten Antrag auf eine besuchsweise Ausreise in die BRD. Danach bewerbe ich mich und werde von meiner Direktion zum FDJ-Reisebüro Jugendtouristik delegiert. Zuvor unternehme ich eine Westreise.

Im „Goldenen Westen"

Ich gebe familiäre Gründe für meine Reise an, aber das ist gelogen, denn ich habe keine Westverwandtschaft, sondern will Freunde treffen. Meine Frau ist Waise, ihre Oma hat aber Westverwandte, die sie als Rentnerin besuchen darf, auch wenn das nicht unkompliziert ist. Kurzerhand erkläre ich meine Brieffreundin zu einer Verwandten und es gelingt mir, dieses Märchen der sehr ernst schauenden Dame auf der Meldestelle glaubhaft zu vermitteln.

Den Reisepass erhalte ich aber erst bei meiner dritten Nachfrage, fünf Minuten vor Schließung der Meldestelle. Das ist eine Stunde, bevor mein Zug abfährt, und die Fahrkarte darf ich erst jetzt kaufen. Meine Frau bringt mir den Koffer und einen optimistisch im Voraus bestellten großen Blumenstrauß. Wir verabschieden uns aus strategischen Gründen schon in der Bahnhofshalle. Einen Jeansanzug mit Levis-Aufnähern habe ich maßgeschneidert bei Vietnamesen anfertigen lassen, ich trage einen Oberlippenbart, Brille und eine Mütze. Auf dem Querbahnsteig beobachte ich die dort wartende Gruppe und erkenne zwei Genossen.

Im Zugabteil nehme ich in einem gut besetzten Abteil voller DDR-Rentner Platz. An der Grenzübergangsstelle verhalte ich mich gleichgültig und unauffällig. Nach dem Grenzübertritt atme ich erleichtert auf. Jetzt habe ich die Staatssicherheit besiegt! Zwei alte Damen sagen: „Wir verstehen Sie, junger Mann, auch wir fühlen uns immer erst nach der Grenze wohl, das passiert uns aber bei jeder Fahrt!"

Auf dem Stuttgarter Hauptbahnhof bin ich der Letzte auf dem langen Bahnsteig. Die Bahnhofsmission fragt mich, ob sie mir helfen könne. Ich lehne dankend ab und warte weiter mit meinem DDR-Koffer und einem großen Blumenstrauß. Plötzlich stürzt eine Familie auf mich zu und meine Brieffreundin umarmt mich. Wir sehen uns das erste Mal und sie ist erleichtert, dass unser Deal geklappt hat und ich hier bin. Sie haben sich im morgendlichen Berufsverkehrsstau verspätet und wollen gleich mit mir frühstücken.

Von einem unterirdischen Parkhaus fahren wir viele Rolltreppen hoch bis in ein Restaurant. Geblendet von Glanz und Licht habe ich Unmengen von neuen Eindrücken zu verarbeiten. Wir befinden uns in einem Kaufhaus und beim Frühstück sage ich: „Nun weiß ich schon, was es alles bei euch zu kaufen gibt." Erschrocken entschuldigen sie sich bei mir, sie haben mich ja nur zum Frühstück einladen wollen. Ich lache und bin nicht allzu verblüfft, schließlich sehe ich in der DDR Westfernsehen. Meine Brieffreundin meint anerkennend: „Du trägst ja einen schönen Levis-Anzug, ich wusste nicht, dass es so etwas bei euch gibt."

Bei einem Metzger, den ich nur unter dem Begriff Fleischer kenne, bemerkt meine Brieffreundin: „Das Angebot hier schockiert dich vielleicht, aber so viel gibt es bei uns immer." Ich antworte: „Es gibt wesentlich mehr hier, aber es ist teurer und vieles erscheint mir künstlich und enthält bestimmt Konservierungsstoffe." Es tut mir leid, dass meine Brieffreundin etwas enttäuscht ist.

Auf meiner Reise sehe ich Stuttgart, Backnang und das schöne Heidelberg. Der Mann meiner Brieffreundin leitet eine Sparkassen-Filiale, auf dem Boden seines Hauses hortet er Werbegeschenke, von denen ich mir einiges aussuchen darf. Eines Abends nimmt er mich zu seinem Musikverein mit.

Ich treffe noch eine andere nette Brieffreundin. Beim ersten Mal fragt mich keiner, ob ich bleiben möchte. Doch ich kann meine Frau und unsere zwei Kinder ohnehin nicht enttäuschen und sie der Stasi zum Fraß vorwerfen. Und außerdem habe ich immer schon einen realistischen Blick für das Leben in Ost und West gehabt und finde keineswegs, dass „drüben" alles besser ist.

Jugendtouristik

An meinem ersten Arbeitstag als Mitarbeiter von Jugendtouristik muss ich meinen Reisepass abgeben, um wieder meinen Personalausweis zu erhalten, den ich zuvor zu hinterlegen hatte. Als ich zurück bin, werde ich sofort von meiner Tätigkeit freigestellt, erhalte mein Gehalt und werde nach Hause geschickt. Privatreisen ins nichtsozialistische Ausland sind verboten. Ein befreundeter Anwalt hilft mir in dieser Angelegenheit.

Eines Tages erhalte ich vom Leiter der Jugendtouristik ein Telegramm mit der Bitte, wieder zur Arbeit zu erscheinen. Ich bekomme alleinigen Zugang zum Archiv, welches ich analysiere und ordne, aber bereits nach vier Wochen endet meine Tätigkeit bei Jugendtouristik aus politischen Gründen, jedoch im gegenseitigen Einvernehmen. Es ist mein kürzester Job und ich bekomme eine Urkunde sowie eine Prämie und werde feierlich in mein neues Arbeitsverhältnis entlassen.

Mitarbeiter für Kultur beim Rat der Stadt

Ich habe einen Arbeitsvertrag als Mitarbeiter für Kultur unterschrieben und freue mich darauf, die Kulturarbeit mit Jugendlichen zu unterstützen und zu fördern.

Da die Volkswahl naht, gibt es ein neues Gesetz: Es werden
Wahlkreissekretäre bestimmt, weil sich freiwillig nicht genug für
diese Tätigkeit gemeldet haben. An meinem ersten Arbeitstag
werde ich als SED-Mitglied sofort und ohne meine Zustimmung
zum Wahlkreissekretär berufen. Das Volk soll vor der Wahl durch
Agitation manipuliert werden. Von mir verlangt man also zu heu-
cheln, wozu ich nicht bereit bin. Deshalb lockt man mich mit einer
Berechtigung, Verwarnungen aussprechen und Ordnungsgelder
kassieren zu dürfen, doch das interessiert mich nicht. Ich weigere
mich weiterhin, Agitation zu betreiben, helfe aber bei den Wahl-
vorbereitungen.

Nach den Volkswahlen kündige ich beim Rat der Stadt und
man bietet mir eine Stelle für Kulturarbeit an, die ich allerdings
dankend ablehne. Auch bei meiner zweiten Anstellung im Staats-
dienst bin ich getäuscht und ausgenutzt worden.

Werbeleiter

Nun arbeite ich wieder für Werbung und Messen, bin aber für das Kombinat Musikinstrumente zuständig, wozu auch die Schmuckindustrie gehört.

Eines Tages fahre ich mit dem Zug in der 1. Klasse zu einer Direktionstagung nach Plauen. Ich sitze allein im Abteil und habe nur eine Aktentasche bei mir. Nachdem der Zugschaffner weg ist, kommt eine zweite Kontrolle. Routinemäßig werde ich von zwei finster blickenden Transportpolizisten in Uniform überprüft. Nach Paragraf 213 StGB passe ich super ins Raster: Ich wirke verdächtig, weil ich ein junger, männlicher Einzelreisender ohne Gepäck bin, der anscheinend ins Grenzgebiet fährt, um die DDR illegal zu verlassen.

Wie ich erwartet habe, werde ich einem Verhör unterzogen. Ich sage: „Ich möchte mir die Stadt Plauen anschauen." Da ich die Dienstvorschriften und die Befugnisse der Genossen kenne, bringe ich sie freundlich lächelnd an den Rand der Verzweiflung. Ich berufe mich auf die Verfassung der DDR und lasse mir nichts unterstellen. Jetzt versucht man, mich einzuschüchtern, mir wird gedroht, mich direkt vom Zug zum Polizeirevier zu eskortieren. Darauf antworte ich: „Sie können gern den Generaldirektor des Kombinat Musikinstrumente anrufen, der mich kennt." Sie schauen sich verdutzt an, verabschieden sich und wünschen mir sogar noch eine gute Fahrt.

Im Kombinat Musikinstrumente begrüßt mich der Generaldirektor schmunzelnd: „Ich habe schon alles mit der Transportpolizei geregelt. Bitte provoziere die Genossen nicht wieder und zeige beim nächsten Mal gleich deinen Betriebsausweis." Ich entgegne: „Gern, aber man hat mich nur nach dem Personalausweis gefragt und mich dann sofort beschuldigt, etwas Böses im Schilde zu führen." Er beruhigt mich: „Ich verstehe das ja, aber die tun ja auch nur ihre Pflicht."

Die Schmuckindustrie ist unserem Kombinat zugeordnet. Der Direktor der Schmuckindustrie wird Ende 1989 zum Provokateur, weil er auf einer Direktionstagung vom Generaldirektor sehr energisch wissen möchte, wie die Genossen der Kombinatsleitung und der Staatsführung darauf vorbereitet sind und was sie unternehmen werden, wenn die EU gegründet wird, wovon er felsenfest überzeugt ist. Er wird belächelt und die Ratlosigkeit mit Parteiparolen überspielt. Doch er lässt sich nicht beirren: „Die Schmuckindustrie sorgt schon immer für die meisten Devisen in diesem Kombinat. Wenn es jemandem nicht passt, dass ich die Wahrheit sage, könnt ihr mich ja absägen – falls ihr eine Alternative habt." Ich darf verraten, dass er seinen Job behalten hat.

Meine Reise nach Westberlin

unternehme ich wiederum aus angeblich „familiären Gründen".
Ich besuche meine Brieffreundin. Den Reisepass erhalte ich schon
im ersten Anlauf.

Bei dieser Ausreise ist alles anders. Beim Empfang des Begrü-
ßungsgeldes in einem Westberliner Rathaus erhalte ich das Angebot, hier zu bleiben, man sagt mir jegliche Hilfestellung zu, auch
im Hinblick auf die Jobvermittlung. Das überrascht mich sehr, ich
bedanke mich, erbitte mir aber Bedenkzeit, was kein Problem darstellt. Ich bleibe zehn Tage hier und darf mich auch erst ganz zum
Schluss entscheiden.

Meine Freunde, die ich zu Verwandten erklärt habe, um die
besuchsweise Ausreiseerlaubnis zu bekommen, sind angesichts
dieses Angebotes nicht überrascht. Sie überlassen mir die Ent-
scheidung und versprechen, mich in jeder Art und Weise zu unterstützen, wenn ich bleiben möchte.

Als mir meine Freunde die Mauer zeigen, können sie es gar
nicht glauben, dass ich nicht wie jeder andere auch ganz dicht zu
ihr hingehe. Von dieser Seite darf man sie ja anfassen und sogar
bemalen. Die Gedenkstätten für die vielen Mauertoten bewegen
mich tief. Ehrfürchtig schaue ich mich auch im Deutschen Mu-
seum und im historischen Reichstag um. Ein ganz besonderes Er-
lebnis ist es für mich allerdings, mit dem Mann meiner Freundin
durch die Autowaschanlage zu fahren. Er ist Polizist und erzählt
mir, dass die Einsätze immer anstrengender werden und er einen
Innendienst anstrebt. Sein Hobby ist es, Grenzverletzungen zu
profizieren, in dem er mit seinem Boot häufig und natürlich aus
Versehen, die Grenzlinie in der Fluss Mitte überfährt und dem
wachsamen DDR Grenzern bedauernd zuwinkt. Meine Brieffreundin sagt mir: „Denke bloß nicht, dass es bei uns alles, immer

und sofort gibt. Manchmal muss man sehr lange suchen, oder darauf warten, um Qualität zu einem fairen Preis zu bekommen und manche Dinge findet man nicht."

Auf einer großen Geburtstagsfeier stelle ich erstaunt fest, dass die Müllfahrer in Westberlin stolz auf ihren Job sind und dass sie sehr geachtet werden. Ich selbst habe immer schon großen Respekt für Zimmerfrauen, Reinigungskräfte, Möbelträger etc. empfunden, obwohl viele das nicht so sehen, aber ich erachte jeden Job als wichtig, damit die Welt funktioniert.

Warum ich nicht im Westen bleibe

Selbstverständlich mache ich mir viele Gedanken über das Angebot, mich in Westberlin niederzulassen. Ich bin das 2. Mal im Westen und hatte zuvor auch illegale Möglichkeiten die DDR zu verlassen.

Meiner Familie geht es gut. Wir haben Jobs die uns Spaß machen und anerkannt werden. Wir sind einfache Durchschnittsbürger. Unsere 4-köpfige Familie ist glücklich. Wir haben keine Westverwandte, durch die viele ein privilegiertes Leben genießen. Wir sind keine Berufsfunktionäre, die GENEX-Produkte erhalten und ferne Reisen machen. Luxus wie ein Haus, ein Auto oder einen Farbfernseher, können wir uns natürlich nicht leisten. Wir fahren gern Fahrrad. Der Bus- und Bahnverkehr ist gut.

Wir leben in einer modernen Neubauwohnung und hungern nicht. Durch unsere Jobs haben wir beim Kauf von Lebens- und Genussmitteln Einkaufsvorteile und leisten uns gelegentlich, in teuren Delikat Läden einzukaufen. Wir werden gesundheitsmäßig gut versorgt, müssen uns nicht vor Altersarmut fürchten und unsere Renten sind sicher. Unsere Kinder wachsen ohne Angst vor Kriminalität auf, sind in Kinderkrippe, Kindergarten, Hort und Ferienlagern gut versorgt und erhalten nach dem Schulabschluss garantiert eine Lehrstelle. Wir genießen jedes Jahr schöne FDGB-Ferienplätze und reisen häufig mit unseren Kindern privat zu Freunden ins sonnige Bulgarien. Gemeinsam haben wir uns etwas geschaffen, lösen heikle berufliche und politische Probleme und gestalten unsere Zukunft.

Was fehlt uns? Ehrlichkeit, Vertrauen, Presse- Meinungs- und Reisefreiheit! Unsere Führung hat das Vertrauen des Volkes verloren, weil sie deren Bedürfnisse oft ignoriert. Die Funktionäre pflegen einen ausschweifenden Lebensstil auf Kosten der Gemeinschaft, sie predigen Wasser und trinken Wein. Sie lügen, weil die Mauer sich gegen das eigene Volk richtet. Jeder, der ehrlich etwas kritisiert, um es zu verbessern, wird als Vaterlandsverräter abgestempelt und zu einem Fall für die Staatssicherheit.

Ein privater Verein

Mit anderen sächsischen Sammlern gründe ich einen privaten Verein. Wir sammeln kleine Taschenkalender im Spielkartenformat. Der Kulturbund der DDR hat kein Interesse an uns, weil wir kein anerkanntes Hobby betreiben. Wir gründen eine Interessengemeinschaft, die wir wie einen offiziellen Verein führen.

Wir organisieren, dass zum ersten republikweiten Tauschtreffen in einer sächsischen Jugendherberge ca. 65 Jugendliche einzeln anreisen. Der Jugendherbergsleiter weiß Bescheid und sagt der Staatssicherheit, dass er vorher natürlich nicht gewusst habe, dass sich alle untereinander kennen und Taschenkalender zum Tausch mitbringen. Er bekommt die Auflage, uns mitzuteilen, dass wir keine politischen Gespräche führen und keine Kalender vor 1945 tauschen oder verkaufen dürfen.

Natürlich observiert uns die Staatssicherheit. Ich werde auf einen Herren im Anzug aufmerksam, der sich mit seiner ca. siebenjährigen Tochter nicht angemeldet hat. Er versichert mir, dass er nur zufällig hier sei, weil seine Tochter auch Kalender sammle. Während er fasziniert die Kalender betrachtet, spreche ich mit der Kleinen. Sie sitzt ganz hilflos da, vor sich auf dem Tisch eine kleine Pappschachtel mit ca. 25 Kalendern und schweigt. Ich wünsche ihr trotzdem viel Spaß, doch bald darauf sind die beiden wortlos verschwunden.

Meine Tätigkeit als Volkskorrespondent der „Leipziger Volkszeitung" und meine Leserbriefe werden in der „Leipziger Volkszeitung", in der „Jungen Welt", im „Neuen Deutschland" und in anderen Zeitungen und Zeitschriften der DDR als „kurioses" Hobby veröffentlicht. Sie schützen mich vor der Staatssicherheit und gewährleisten, dass die unerlaubte private Vereinsbildung keine negativen Konsequenzen nach sich zieht.

Brieffreundschaften

Meine Brieffreundin aus Irkutsk sendet mir in ihren Briefen meine ersten „FBs" – „Freundschaftsbücher". Das sind liebevoll selbst angefertigte kleine Heftchen. Man schreibt seine Adresse, sein Alter und seine Hobbys hinein und sendet sie an andere Brieffreunde weiter. Auf der Rückseite steht die Adresse, für den dieses FB angefertigt worden ist, und der Letzte, der sich einträgt, schickt es dorthin. Zwischen den Briefbögen fallen die Freundschaftsbücher nicht auf und gelangen so über jede Grenze.

Brieffreundschaften werden mein Hobby. Vorwiegend schreiben mir Frauen, was meine Frau toleriert. Jahrzehntelang, bis 1989, habe ich über 70 Brieffreunde auf allen Kontinenten, die meisten in der Bundesrepublik, in Westberlin und den USA. Mit dem Ende der DDR schwindet auch das Interesse an diesem Land. Besonders meine Brieffreunde aus Übersee sind stolz darauf, sich mit einem DDR-Bürger zu schreiben, aber auch ich profitiere davon, da ich viel über das Leben und den Alltag in anderen Ländern erfahre. Fördernd für die Korrespondenz ist das preiswerte Briefporto in der DDR. Es bleibt konstant günstig, ebenso wie die Nahrungsmittel, die öffentlichen Verkehrsmittel, Mieten und Nebenkosten. Bis zum Mauerfall besuchen uns Brieffreunde aus Bulgarien, Schweden, Norwegen, der Schweiz, der BRD und Japan. Auch wenn man sich manchmal lange nicht schreibt und einige nie persönlich trifft, bilden sich Freundschaften aus – manche halten ein Leben lang.

Eine meiner Brieffreundinnen ist Ungarin. Als Belohnung für meinen erfolgreichen Schulabschluss erlauben mir meine Eltern 1970 im Alter von 17 Jahren, für zwei Wochen nach Budapest zu reisen. Mein Zug fährt kurz nach Mitternacht. Ich habe eine Platzkarte, aber mein Platz im Achtpersonenabteil ist schon besetzt, auch die ungarische Mädchengruppe, die in meinem Alter ist, hat Platzkarten. Der Schaffner ist ratlos. Die Mädchen rücken aber einfach zusammen, damit wir alle unterkommen. Sie können kein Deutsch und ich kann kein Ungarisch, aber wir verstehen uns 18 Stunden lang prächtig und teilen unseren Reiseproviant. Auf dem Budapester Hauptbahnhof verabschiede ich meine ungarischen Mädchen und alle umarmen mich herzlich.

Ein schüchternes Mädchen in Begleitung einer Freundin und ihrer Eltern erwartet mich am Zug. Als Begrüßung gibt es Szegediner Gulasch. Die Freude ist riesig, aber mir treibt es die Tränen in die Augen, denn diese Schärfe bin ich nicht gewohnt. Ich lerne, dass nur Weißbrot hilft.

Ihre beste Freundin begleitet uns immer als Aufpasserin, damit wir uns nicht verlieben. So stelle ich mir auch den „Goldenen Westen" vor. Hier gibt es überall Coca Cola und viele andere Westprodukte. Beeindruckt von der schönen, pulsierenden Hauptstadt reise ich in meine schöne, aber graue DDR zurück.

Eine westdeutsche Brieffreundschaft endet nach nur einem halben Jahr. Wir sind unterschiedlicher Meinung. Sie ist DKP Mitglied, beteiligt sich sehr aktiv an Demonstrationen gegen Waffenexporte und Atomkraftwerke. Sie fährt keine deutschen Autos, weil sie mit ihrem Staat nicht einverstanden ist. Sie ist der Auffassung, dass sie vom Staat nur missbraucht und ausgebeutet wird. Das Leben in der DDR ist für sie keine Alternative.

Viele Jahre korrespondiere ich mit einer bulgarischen Brieffreundin. Sie gehört zu einem kleinen, engen Kreis, mit der ich häufig und viele, mehrseitige Briefe austausche. Als ich ihr mitteile, dass ich mich entschlossen habe zu heiraten, gesteht sie plötzlich ihre große Liebe zu mir. Leider muss ich sie enttäuschen und unsere Brieffreundschaft endet.

1984 habe ich einen Einreiseantrag für meine Brieffreundin aus Norwegen gestellt. Mit ihr sitze ich am Nachmittag in einem

Weinlokal der Stadt. Wie allen bekannt ist, wird es von der Stasi observiert, um unerlaubte Kontakte zu ermitteln und zu unterbinden. Am Nebentisch lächelt uns ein Herr in Schlips und Kragen aufdringlich zu. Plötzlich fragt er uns freundlich, ob er sich an unseren Tisch sitzen dürfe. Meine Brieffreundin ist informiert, führt das Gespräch und gibt uns beide für Studenten aus Norwegen aus. Ab sofort sprechen wir Englisch, ich spreche aber auch etwas gebrochen Deutsch, damit wir verstanden werden. Der Herr glaubt uns jedes Wort und lehnt eine Einladung nach Oslo aus familiären Gründen ab. Wir amüsieren uns köstlich, ihn so an der Nase herumgeführt zu haben.

In Berlin stehen wir vor einem neu eröffneten Interhotel, das ich mir gern ansehen würde, aber DDR-Bürger sind unerwünscht. Doch meine Brieffreundin nimmt meine Hand und zieht mich einfach in das Hotel hinein. Ein junger Portier stürzt sofort auf uns zu und fragt reserviert, ob er uns helfen könne. Er spricht kein Englisch. Der Empfangschef macht mit uns einen Rundgang durch das gesamte Hotel, zeigt uns sogar die Hotelzimmer und Suiten.

Schwedens bester Steel-Gitarrist spielt für uns in unserer Wohnung ein privates Solokonzert, bevor die Tour seiner Band Country Minstrels durch die CSSR und Polen beginnt. Ich schreibe mich mit seiner Frau, die acht Sprachen perfekt beherrscht. Die schwedische Band möchte auch in der DDR ein Konzert geben. Deshalb schreibe ich an den Fernsehfunk der DDR und wende mich direkt an Heinz Quermann, der bekanntermaßen Einfluss hat und sich für den Nachwuchs engagiert. Ich erfahre, wie sich die Idee realisieren lässt.

Wenige Monate später verlasse ich nach einem überraschenden Telefonanruf mit meiner Tochter eilig die Geburtstagsfeier meiner Frau, ein Taxi erwartet uns und fährt uns nach Halle, wo das erste Konzert der Country Minstrels stattfindet. Die Band freut sich, dass wir ihnen helfen, ihre Prospekte zu verteilen, und alle anderen denken, dass wir zu dieser schwedischen Band gehören.

Am 06.12.1989 kommt ein Telegramm. Eine westdeutsche Brieffreundin und ihr Mann laden mich aus Freude über den Mauerfall nach Bremen zu einem einmaligen Pokalspiel ein. In der zweiten Reihe sitzend bin ich Maradona ganz nahe, der die Schmach der Niederlage nicht verhindern und schon gar nicht verstehen kann. Ausgelassen singe ich mit: „Olala, willst du eine Pizza?" Werder Bremen zwingt den SSC Neapel mit 5:1 in die Knie.

Zum Mauerfall gratulieren mir Brieffreunde aus allen Kontinenten.

40 Jahre DDR

07.10.1989: Trotz Reisewarnung fahre ich am 40. Jahrestag der DDR mit dem Zug nach Berlin, um zum allerersten Mal meine österreichische Brieffreundin zu treffen. Sie ist mit ihrem Mann zu einem Ärztekongress in Westberlin. Am Grenzübergang spricht mich ein aufmerksamer Herr im Anzug an und fragt, ob er mir helfen könne. Ich antworte ihm: „Ich warte hier schon länger als verabredet auf meine Tante aus Westberlin." Daraufhin teilt er mir mit: „Heute ist der Grenzübergang aus Anlass des 40. Geburtstages der Republik aus Sicherheitsgründen geschlossen." Artig bedanke ich mich für diese Information und trete die Heimreise an.

Bei der Ankunft auf dem gesperrten Leipziger Hauptbahnhof stehen mir am Bahnsteig Kampfgruppen der DDR mit Kalaschnikows im Anschlag gegenüber. Ein Kommandeur fragt mich und andere aufgeregte Reisende, wohin wir denn wollten. Ich antworte ihm: „Sie sehen ja, dass wir alle vom Zug kommen." Ich muss mich ausweisen, werde neuerlich gefragt, wohin ich möchte, und sage: „Natürlich nach Hause!" Streng werde ich dazu aufgefordert, den Hauptbahnhof durch einen Seiteneingang zu verlassen und von dort aus unverzüglich aus der Innenstadt zu verschwinden. Ich demonstriere aber wieder auf dem Leipziger Ring.

Was wird aus meinem Land?

Wir diskutieren, wie überall in der Republik hitzig über die möglichen Folgen eines Volksaufstandes und über die Perspektiven unserer in Stagnation befindlichen DDR.

Alle wissen von den Ereignissen der Aufstände in meinem Geburtsjahr 1953 in der DDR, in Ungarn und in der CSSR, die blutig endeten. Die Internierungslager sind uns bekannt und bereit. Kann man ein ganzes Volk, das friedlich demonstriert, einfach einsperren?

Wir werden immer mehr: Würdenträger der Kirche und viele Prominente stehen zu uns. Montag zu Montag steigt die Zahl der Demonstranten. Flugblätter, die uns von einer Teilnahme an den Demonstrationen abraten, ignorieren wir.

Aber die Angst vor Gewalt durch Provokateure, die Anlass zum Einsatz der Polizei, der Armee und der Kampfgruppen, geben kann, ist sehr groß. Noch ist kein russisches Militär zu sehen, doch es ist da. „Glasnost" und Gorbatschow-Abzeichen auf unseren Kleidungsstücken und unser Gorbie Spruch: „Wer zu spät kommt, den bestraft das Leben!" stärken unseren Mut und unser Selbstvertrauen.

Gibt es eine friedliche Lösung? Doch wie könnte sie aussehen? Wie kann unser Staat reformiert werden? Parteiarroganz, Schönfärberei, Parasitismus, Korruption, volksfremde Politik, Presse-Meinungs- und Reiseverbot haben unseren Staat ruiniert. Ein Kribbeln zieht über meine Haut und der Herzschlag ist zu hören, wenn wir durch den Innenring der City ziehen und unsere machtvollen Rufe zu hören sind. „Stasi in die Volkswirtschaft!" und „Wir sind das Volk!"

Wir sind nicht mehr allein. An den Straßenseiten filmen westdeutsche TV-Teams unsere Demos und vermitteln damit Hoffnung. Sie werden alles dokumentieren. Für Westdeutschland würden sich ungeahnte, neue Möglichkeiten des Profits eröffnen. Wir sind schon immer für sie ein Billiglohnland mit Qualität. Doch unsere weltweit anerkannte Industrie würde eine gefährliche Konkurrenz für Westdeutschland.

In letzter Zeit ertönen plötzlich die Rufe „Deutschland einig Vaterland!" und neue Deutschlandfahnen werden geschwenkt. Gehen unsere Wünsche über eine Reform hinaus? Wie soll und kann eine Wiedervereinigung möglich sein? Zurück in eine kapitalistische Gesellschaftsordnung? Was sagen Moskau, London und der Warschauer Pakt und wie denken alle anderen Völker über ein wiedervereinigtes, starkes Deutschland?

Der Fall der Berliner Mauer

Wir befinden uns auf dem Tauschtreffen der Taschenkalender-sammler. Auch die Staatssicherheit ist wieder dabei und wir werden observiert.

Am Abend sind wir aber unter uns, verfolgen im Fernseher den Mauerfall und unser privater Verein nennt sich umgehend in „IG Taschenkalendersammler Deutschland" um. Gleich nach meiner Rückkehr zeige ich meinen Kindern endlich Westberlin. Die Mauer fällt, ein Symbol der deutschen Trennung, mein Heimatland ist Geschichte. Die DM kommt und die Einheit auch. Weltweit herrscht Jubel und Euphorie.

Die Wiedervereinigung überrascht mich nicht

Der Fall der Berliner Mauer überrascht mich nicht. In meinem Land sind Reformen schon sehr lange notwendig. Das Volk hat danach verlangt und demonstriert, weil die Führung es versäumt hat. Wie die Geschichte gezeigt hat, ist Sachsen in dieser Hinsicht immer schon ein Vorreiter gewesen.

Eine gerechtere, ehrlichere und freiere DDR war das Ziel der meisten Demonstranten. Sie haben sich ihre Freiheit erkämpft.

Zu schnell und einseitig erfolgt der Beitritt, wie durch unsichtbarer Hand geführt und geplant, ohne einen Volksentscheid. Die Wiedervereinigung ist unumgänglich und geschieht zu Lasten Ostdeutschlands. Enttäuschung und Frust in Ost und West, werden damit vorprogrammiert.

Im Osten erfolgt natürlich eine radikale Strukturumwandlung. Endlich erblühen die Straßen, Häuser und Landschaften wieder und Flüsse werden sauber.

Der Westen finanziert den Wiederaufbau, die eine Verpflichtung ist. Der Wohlstand in Westdeutschland und Westberlin, wie ich ihn vor dem Mauerfall erlebt habe, verschwindet.

Alle und nicht jeder tat es gern, müssten plötzlich auf etwas verzichten und viele Privilegien in Westberlin werden unnötig und verschwinden. Die meisten Ostdeutschen sind es gewohnt auf etwas zu verzichten und können improvisieren.

So schnell wie die DM kam, so schnell verschwindet sie auch wieder. Sie wird ohne Volksentscheid - vom Euro abgelöst. Politik und Wirtschaft bestimmen das.

Die endlose Gier nach Profit und der Siegeszug der Elektronik, vernichtet in ganz Deutschland viele Arbeitsplätze.

Keiner fühlt sich dafür verantwortlich, wie beim Klimawechsel. Menschlichkeit und ein gutes Arbeitsklima, in der DDR war das völlig normal, bleiben in vielen Firmen auf der Strecke.

Die Pharmaindustrie profitiert und Burn-out wird eine Volkskrankheit.

Die Geschichte aber beweist: Es hat immer Folgen, wenn nicht rechtzeitig gehandelt wird.

Manchmal fühle ich mich wie in der DDR, wo ich gegen eine volksfremde Politik, Schönfärberei, für Presse- und Meinungsfreiheit, Demokratie und einen Sozialstaat demonstriert habe.

Ich bin mir immer selbst treu geblieben und war kein Mitläufer, sage stets offen und ehrlich meine Meinung, auch wenn das nicht jedem passt, mir daraus Nachteile erwachsen und ich mich nicht selten gegen Mobbing zur Wehr setzen muss.

Viel habe ich in meinem Leben gelernt und lerne immer noch dazu.

Ich habe in zwei völlig unterschiedlichen deutschen Systemen gelebt, gearbeitet und mich durchgekämpft. Seit der Wiedervereinigung lerne ich, mich noch besser zu behaupten.

Ein Computer zur Wiedervereinigung

Im Dezember 89 nach einer PC Annonce mit DM Preisen in der Leipziger Volkszeitung, schreibe ich an eine Kassler Firma und erkunde mich nach einen gebrauchten Computer für meinen 1986, gegen den Widerstand der Staatssicherheit, erfolgreich gegründeten privaten Verein, die IG Taschenkalendersammler und weise darauf hin, dass ich keine DM habe.

Der Firmenchef antwortet mir persönlich und lädt mich und meinen Freund in seine Firma ein. Er übernimmt alle Spesen und Reisekosten.

Im Januar 1990 fahre ich mit meinem Freund mit dem Zug nach Kassel.

Nach einem Frühstück in der Firma empfängt uns der Firmenchef und wir unterhalten uns sehr nett. Danach erhalten wir eine Betriebsführung. Dort werde ich von einem Mitarbeiter in einem Crash Kurs, mit einem PC vertraut gemacht.

Aus Freude über den Mauerfall wird mir ein PC mit allem Zubehör geschenkt.

Ein „Alphatronic Modell P3" und ein A4 Epson Drucker wird unser schweres Reisegepäck, da mir eine kostenlose Zusendung zu unsicher erscheint, da es noch DDR Grenzkontrollen gibt.

Eine Limousine bringt uns am späten Nachmittag zum Hauptbahnhof. Der Zug ist überfüllt, aber wir haben Platzkarten. Die Grenzkontrolle ist überfordert und beschränkt sich auf unseren Reisepass.

Kurz nach Mitternacht habe ich den PC im Wohnzimmer aufgebaut und wecke meine völlig überraschte Familie.

Zehn Jahre in Luxushotels

Es ist vielleicht nicht uninteressant zu erfahren, was Menschen dazu bewegt, in die Hotellerie zu wechseln, denn die Gehälter sind niedrig, es gibt keine geregelten Arbeitszeiten, dafür Teilzeitarbeit, Schichtsystem und meist kurzfristig erstellte Wochenpläne. Außerdem kommt es häufig zu Dienstplanänderungen, an vielen Wochenenden und Feiertagen wird gearbeitet, viele machen Überstunden, haben kurze Dienstübergänge und die Freizeit ist knapp bemessen. Und es ist von Vorteil, wenn man stress- und mobbingerprobt ist.

Vor allem Jugendliche zieht es in die Hotellerie und nicht selten stammen sie aus betuchten Familien. Der Schock bleibt nicht lange aus, wenn sie sich erst einmal mit der Realität konfrontiert sehen. Während ihrer Ausbildung müssen sie im Housekeeping putzen, obwohl beim Azubi zu Hause oftmals eine Putzhilfe dafür zuständig ist.

Der Ton ist rau, besonders in der Küche. Mit der Schulzeit hat das nichts mehr zu tun – die jungen Menschen sind im ganz normalen Leben angekommen. Da hilft kein Abitur, es wird hart gearbeitet und jeder hat sich an die Anweisungen der langjährigen Mitarbeiter zu halten.

Wie überall ist auch in der Luxushotellerie nicht alles Gold, was glänzt, selbst wenn es auf den ersten Blick diesen Anschein erweckt. Trotzdem wird auch hier nur mit Wasser gekocht.

Viele bleiben nach dem Abschluss ihrer Ausbildung nicht lange an Ort und Stelle. Sie glauben, ihre Chancen in anderen Hotels wesentlich zu verbessern, und manchen gelingt das tatsächlich. Im Hotelwesen arbeiten häufig Praktikanten, die reinschnuppern wollen, was ja nie schadet, und andere, die an der Uni studieren. Letztere bilden eine eigene Gilde. Viele von ihnen sehen sich als perfekt an, treten äußerst selbstbewusst auf und gliedern sich nur ungern, schwerfällig oder nie in ein bestehendes Team ein, weil sie ja etwas Besseres sind und sein werden. Natürlich streben junge Mitarbeiter nach einer Leitungsposition. Doch wenn sie auf der Karriereleiter so weit nach oben geklettert sind, beginnt der eigentliche Stress. Wie in anderen Bereichen auch gelangen im Hotelgewerbe zielstrebige Damen unter Einsatz ihrer weiblichen Reize schneller in eine Leitungsposition.

Ich habe unter mehr als einem Dutzend Empfangschefinnen gearbeitet. Einige von ihnen sind, nachdem sie sich hartnäckig und manchmal skrupellos ihre Position erkämpft hatten, nicht wieder in ihre geliebte Position zurückgekehrt. Entweder arbeiten sie danach verkürzt in anderen Abteilungen oder verlassen die Hotellerie, werden Hausfrau oder schulen um. Denn auch sie werden nicht jünger und entscheiden sich nun zugunsten ihrer Gesundheit, einer Beziehung oder einer Familie, wozu bislang kaum Zeit gewesen ist.

Bei Empfangschefs habe ich eine wesentlich bessere Akzeptanz festgestellt, vermutlich deshalb, weil in der Regel an einer Rezeption Männer in der Minderheit sind.

Es erscheint nicht verwunderlich, dass man sich seinen Partner im unmittelbaren Arbeitsumfeld sucht. Schließlich verbringt man dort die meiste Zeit des Tages. Solche Partnerschaften sind auch einfacher, da beide wissen, wie ungeregelt und unberechenbar es in der Hotellerie zugeht. So können sie dieses akzeptieren, was Außenstehenden nur selten dauerhaft gelingt.

Grillpartys, Weihnachtsfeiern und andere Events für das Personal, soweit sich das die Hotelbetreiber leisten, begeistern die Jugend, die feiern möchte und muss, um auch mal Dampf abzulassen. Diese Veranstaltungen, bei denen – natürlich kostenlos – der Alkohol in Strömen fließt, sind die ideale Plattform für eine Beziehungsanbahnung. Alkohol baut Hemmungen ab und macht fröhlich.

Viele junge Mitarbeiter bewerben sich auf Kreuzfahrtschiffen, um dort mehr Geld zu verdienen und dabei die Welt zu sehen. Auf ein Kreuzfahrtschiff zu kommen ist allerdings schwerer, als man glauben mag – es gibt lange Wartelisten.

Andere verlassen die Hotellerie, um Flugbegleiter zu werden oder eine neue Lehrausbildung zu beginnen, weil sie sich ein Leben mit normalen Arbeitszeiten wünschen. Ich kenne ehemalige Hotelangestellte, die Bürofachkräfte, Verkäufer, Türsteher vor Edeldiscos, Makler, Fitnesstrainer, Versicherungsfachkräfte, Rechtsanwaltsgehilfen, Finanzbeamte u.a.m. geworden sind. Manche verkaufen auch Döner oder arbeiten als Weinvertreter.

Sehr oft hört man, dass häufige Wechsel in der Hotellerie völlig normal sind, weil man ständig neue Herausforderungen sucht, was sehr überzeugend klingt. So wird argumentiert, wenn man bestrebt ist, dass jemand von sich aus wechselt. Lernen und Weiterbildung können Hotels aber auch selbst fördern, wenn sie das wollen. Immer häufiger wird mit Jahresverträgen gearbeitet und bevor es laut AGB zum Festvertrag kommt, trennt man sich einfach. Da reicht schon die Begründung „Nicht teamfähig".

Luxuriöse und bekannte Hotels locken mit ihrem Standort, ihrem Image, mit Veranstaltungen und nicht zuletzt mit den VIPs, die unter ihrem Dach logieren. Hier ist die Welt der Reichen und wer dort arbeitet, kommt ihnen – nicht selten auch dem eigenen Idol – sehr nahe. Enttäuschungen bleiben dabei nicht aus, denn nicht immer ist der Star so, wie man ihn von der Bühne, vom Film oder aus der Politik kennt. Im Hotel zeigt sich sehr rasch und schonungslos, wie er wirklich tickt.

Ein Fünf-Sterne-Hotel sollte geschmackvoll und luxuriös sein sowie eine gute, frische Küche bieten und über einen schönen Beauty- und Wellnessbereich verfügen. Ein gut eingespieltes, langjähriges Team zeugt von Kontinuität, was die Gäste zu schätzen wissen.

Qualifizierte Mitarbeiter bleiben nur dort, wo ihnen die Arbeit Spaß macht und sie allerlei geboten bekommen. Sie erwarten Schulungen zur Persönlichkeitsentwicklung, möchten in Partnerhotels Erfahrungen sammeln und im Urlaub mit ihrer Familie zum Mitarbeiterpreis in der Hotelkette oder in Partnerhotels wohnen. Auch regelmäßige Mitarbeiterfeste und Weihnachtsfeiern müssen auf dem Programm stehen. Innerhalb der Abteilungen stärken zum Beispiel ein Essen, ein Ausflug oder ein Grillabend den Teamgeist.

Während meiner Tätigkeit sind nicht überall die Lebenspartner zu Hotelveranstaltungen eingeladen worden, obwohl sich das positiv auf das Team auswirkt und somit auch dem Hotel selbst zugutekommt. Die Mitarbeiter müssen sich wohlfühlen und den Hotelablauf mitgestalten können, nur dann überträgt sich diese Zufriedenheit unmittelbar auf die Hotelgäste.

Leider habe ich solche Bedingungen durchgängig nur in meinem ersten Hotel erlebt, in anderen Hotels nur noch gelegentlich und oft gibt es nicht einmal ein Dankeswort.

Auf Reisen, etwa in London, Paris, Stockholm, Abu Dhabi, Dubai, Seattle, New York, San Francisco, Miami Beach, Victoria Island und Vancouver, unterhalte ich mich gern in sehr guten und oft großen Hotels mit dem Personal, sodass ich direkte Vergleiche ziehen kann. Natürlich sind Sterne allein für ein Hotel kein Gütesiegel. Es gibt auch in Deutschland sternlose Hotels mit TOP-Standard und TOP-Service. Das ist aber nur dann gewährleistet, wenn die Philosophie des Hotels stimmt und kontinuierlich realisiert wird.

In der First-Class-Hotellerie

In einer Zeit, als Tausende Ostdeutsche um ihren Arbeitsplatz fürchten und viele ihn tatsächlich verlieren, kündige ich zum 31.12.1989 meine Stelle, weil personelle Versprechungen nicht eingehalten werden und ich aufgrund der politischen Entwicklung Strukturveränderungen erwarte.

Meine Kollegen, Architekten und Direktoren, belächeln mich, weil ich meine angesehene und sichere Tätigkeit aufgebe. Ihrer Meinung nach wechsle ich lediglich wegen der DM-Trinkgelder in ein Valutahotel, wo ich als Kofferträger arbeiten werde.

Drei Monate später besuche ich meine Exkollegen auf dem Messestand. Es ist ihre letzte Messe. Alle sind auf Jobsuche, nur ein Architekt hat sich schon erfolgreich beworben. Für die meisten anderen wird es altersbedingt sehr schwer werden. Einer sagt mir: „Das musst du alles schon geahnt haben. Nun bist du uns allen weit voraus."

Bin ich ein Hellseher? Natürlich bin ich das nicht, nur eine Realist – und ein Optimist.

Das Valutahotel

Das Hotel liegt in der City, ist von Japanern erbaut und 1981 eröffnet worden. Es hat ca. 500 klimatisierte Zimmer und Apartments, sowie zwei Restaurants, Bars und Clubs.

Es gibt ein japanisches Restaurant, das zweite dieser Art – nach jenem in Suhl – in der DDR, zudem fünf Salons und ein Bankett- und Kongresszentrum. Im japanischen Restaurant trägt man Kimonos und isst mit Stäbchen.

Im Hotel befindet sich auch das einzige italienische Restaurant der Stadt. Das Personal ist deutsch.

In beiden Restaurants verkehren nur Hotelgäste, doch das Personal darf sie mit einer speziellen Genehmigung ebenfalls aufsuchen und erhält dafür einen Preisnachlass von 50%.

Im Hotel befindet sich außerdem einer von zwei Intershops der Stadt.

Jedes Jahr wird das Personal mit den jeweiligen Partnern zu einer festlichen Gala eingeladen. Damit jeder Hotelangestellte teilnehmen kann, gibt es zwei Galas. Nach dem mehrgängigen Essen tritt ein bekannter internationaler Star auf, 1992 ist es zum Beispiel Johnny Logan, und es wird getanzt.

Während der zweimal im Jahr stattfindenden Messen kann das Personal zum Einkaufspreis Wein, Südfrüchte und ähnliche Leckereien im Hotel erwerben. Von einem derartigen Angebot können DDR-Läden nur träumen. Aber ich kenne das alles schon aus meiner Zeit als Technologe und Werbeleiter in den Messehallen und Messehäusern.

Meine Frau gehört zum Voreröffnungspersonal, besitzt einen Meisterabschluss, darf Lehrlinge ausbilden und leitet die hoteleigene Gästewäscherei.

Bewerbungsgespräch im Fünf-Sterne-Luxushotel

Aus vertraulicher Quelle weiß ich, dass dem einzigen Fünf-Sterne-Hotel der Stadt aufgrund der offenen ungarischen Grenze und der Ausreisemöglichkeit über Prag sehr viel Personal davongelaufen ist. Neue und vor allem zuverlässige Mitarbeiter werden daher dringend gesucht.

Der Personaldirektor, ein ehemaliger NVA-Offizier, verrät mir: „Ich bin sehr enttäuscht, sie waren alle seit der Hoteleröffnung hier und es ging ihnen immer viel besser als anderen DDR-Bürgern. Sie ließen sich blenden. Ich bin überzeugt davon, dass alle ihren Weggang bereuen werden."

Er weiß nicht, dass ich zweimal erfundenen Verwandten im „Goldenen Westen" einen Besuch abgestattet habe und hinter der Mauer, in Westberlin, gewesen bin. Dort habe ich Reise- und Meinungsfreiheit, glitzernde, volle Läden und Wohlstand kennengelernt. Trotz lukrativer Jobangebote und Eingliederungsmöglichkeiten bin ich in die DDR zurückgekehrt.

Ich lächle also nur und er stellt mich als Wagenmeister und Portier ein.

Mein erster Tag als Wagenmeister und Portier

So habe ich mir meinen ersten Arbeitstag am 02.01.1990 im besten Luxushotel der Großstadt nicht vorgestellt: Das Hotel mit seinen vielen Zimmern und allen Restaurants bleibt geschlossen. Wie jedes Jahr beginnt nämlich eine dreitägige „Kakerlakenjagd".

Am späten Abend melde ich mich zum Nachtdienst in einem Kleinbus vor dem Hoteleingang. Ich löse einen Kollegen ab, der mich kurz und knapp einweist. Ich habe die Aufgabe, Zimmer suchende Gäste auf die „kurzfristige" Schließung aus „dringenden technischen Gründen" hinzuweisen und Kontrollrundgänge durch das Hotel vorzunehmen.

Bewaffnet mit einer großen Taschenlampe und einem dicken Schlüsselbund laufe ich, der neue Portier und Wagenmeister, den niemand kennt, in einer schicken Uniform mit Schirmmütze und Mantel mit goldenen Schulterstücken und Kordel durch das leere, kühle und unheimlich stille Luxushotel. Ich fühle mich einsam in der großen, hell erleuchteten, aber menschenleeren Empfangshalle. Die Aufzüge sind abgestellt. Zweimal in dieser Nacht bewege ich mich durch die verlassenen 24 Hoteletagen, treppauf und treppab über die selten benutzten Notfalltreppen.

Drei Tage später ist der Spuk vorbei. Das Hotel ist ausgebucht wie in der Zeit davor und das bleibt viele Monate so. Das Luxushotel hat noch keine Konkurrenz. Mit Neugier blicke ich hinter seine Kulissen.

Zu Dienstbeginn trete ich mit meinen neuen Kollegen vor meinem Empfangschef an. Er kontrolliert die Uniform, die geputzten Schuhe und die Frisur. Bin ich wieder bei der Armee? Er stellt mich knapp vor und informiert uns dann kurz und bündig über die heutigen An- und Abreisen. Dann werden wir in die Empfangshalle entlassen, wo geschäftiges Treiben herrscht. Viele

Gäste bitten mich sofort um Hilfe, Rezeptionisten klingeln häufig nach mir und ich bin bis zum Feierabend ständig in Bewegung.

Zum Glück habe ich diese drei Tage Vorlaufzeit im leeren Hotel gehabt und kann mich gut orientieren. Deshalb laufe ich jetzt kein einziges Mal in die falsche Richtung. Ich lerne, aufmerksam und schnell zu sein, ohne zu rennen, und mich auf viele verschiedene Dinge gleichzeitig zu konzentrieren, dabei aber Prioritäten zu setzen, denn ich kann ja nur eines nach dem anderen erledigen.

Die Arbeit ist sehr stressig, aber sie macht mir Spaß und einzig und allein darauf kommt es mir wie bei jeder meiner bisherigen Tätigkeiten an. Ich arbeite im Drei-Schicht-System. Ich bin immer offen und freundlich und ernte damit viel Respekt, Verständnis und Dank.

Der Portier

Ein Portier ist der Allererste, aber auch der Allerletzte, der mit dem Gast zu tun hat. Der Gast verschafft sich mit ihm einen ersten Eindruck vom Hotel und dieser bestimmt häufig seinen gesamten Aufenthalt. In den meisten Fällen ist es der Portier, dem die Gäste anvertrauen, ob es ihnen gefallen hat oder nicht und aus welchen Gründen. Der Portier realisiert, was unmöglich erscheint, und ist immer für den Gast da. Er weiß die aktuellen Fußballergebnisse und auch sonst so allerlei, was die Gäste interessieren könnte oder ihnen von Nutzen ist.

Für die Tätigkeit als Hotelportier gibt es keine spezielle Ausbildung. Quereinsteiger wie ich, die Herzlichkeit, Geduld, Menschenkenntnis, Einfühlungsvermögen und Verständnis besitzen, sind die diskreten, unauffälligen Helfer der Gäste. Viele Gäste öffnen sich gegenüber dem Portier, „wenn die Chemie zwischen beiden stimmt", berichten von ihren beruflichen, privaten und gesundheitlichen Problemen. Man diskutiert über das Wetter, über Geld, Frauen, Kinder, Job, Hunde, die Welt und die Politik.

Für manchen Gast ist das Hotel wie ein Zuhause und der Portier ist alles in einem, Pförtner, Hausangestellter und Partner, immer diskret und absolut verlässlich. Manche Gäste verbringen berufsbedingt viel Zeit in internationalen Hotels und spüren sofort, ob die Herzlichkeit, die man ihnen im Service entgegenbringt, von Herzen kommt oder lediglich aufgesetzt ist. Sie erkennen rasch, ob Personal und Führung improvisieren oder professionell agieren und alle ein echtes Team bilden, um den Gästen den Aufenthalt so angenehm wie möglich zu gestalten.

Nachtdienst

In der Nacht arbeiten im Luxushotel ein Portier und ein Nightauditor (liebevoll Nighti genannt). Gepäck- und Autoservice stehen natürlich ebenfalls zur Verfügung. Es müssen zwei Sicherheitsrundgänge gemacht und die Frühstücksmeldungen von den Zimmertüren eingesammelt werden. Jede Nacht verteile ich bis zu 120 Zeitungen, die ich in Beuteln an die Türklinken der VIP-Zimmer hänge.

Der Nachtportier ist auch für den Schuhputzservice verantwortlich. Die Schuhe müssen eingesammelt und in einem Vorraum geputzt werden, manchmal mehr als 80 Paar in einer Nacht. Alle sind mit der Zimmernummer in einem Schuhputzbuch zu vermerken. Manche Gäste legen Wert darauf, dass sogar der Steg, also auch unter dem Schuh, geputzt wird. Ich kenne das von der Armee. Für diese Mehrarbeit liegt leider selten Tip in den Schuhen. Seriöse Geschäftsreisende legen sehr wohl ansprechendes Trinkgeld in die Schuhe und bedanken sich persönlich für den freundlichen Service.

Gäste, die sehr spät vergnügt auf ihre Zimmer gehen, machen sich oft einen Spaß daraus, die geputzten Schuhe vor den Türen zu vertauschen, manchmal bringen sie sie sogar in andere Etagen. Damit wollen sie die Besitzer der Schuhe ärgern, denken aber nicht daran, dass sich der Nachtportier wegen eines solchen Streiches gegenüber seinem Empfangschef rechtfertigen muss.

Vereinzelt gibt es Gäste, die sehr viele Schuhe zum Putzen vor die Tür stellen. Andere stellen saubere Schuhe oder abgetragene Schuhe vor die Tür und beschweren sich am Morgen über angeblich ungeputzte Stellen.

Damenbesuche

Für viele Menschen ist es äußerst interessant zu erfahren, ob und falls ja, inwieweit Luxushotels erotische Kontakte vermitteln oder unterstützen. Grundsätzlich wird das offiziell nicht befürwortet, gehört aber dennoch zum Service. Es lässt sich nicht unterbinden und wird deshalb toleriert oder ohne Wissen der Direktion realisiert. Das ist ein ungeschriebenes Gesetz und ich habe es in jedem Hotel so erlebt und arrangiert.

Alle Beteiligten profitieren davon – das Hotel vom höheren Umsatz (Speisen und Champagner), der Gast erhält, was er will, und kommt gern wieder. Zu Repräsentationszwecken wählt er fast immer eine Suite und die Mundpropaganda, wenn er zufrieden ist, bringt dem Hotel neue, meist sehr zahlungskräftige Gäste.

Die erotischen Kontaktwünsche werden am Abend, manchmal auch erst nach Mitternacht vorgebracht. Es sehen sich also nur der Nighti und der Nachtportier damit konfrontiert. Dann verläuft alles unauffällig und äußerst diskret. Natürlich sind mir als Portier entsprechende Rufnummern bekannt, die Damen sind flexibel und es gelten interne Regeln.

Nicht selten ist es jedoch notwendig, höflich, aber bestimmt einzugreifen, um eine weinende und geschockte Dame vor ihrem Freier zu schützen oder um zu verhindern, dass das Hotelzimmer auseinandergenommen wird. Auch hier gelten bewährte Absprachen, ich achte auf Seriosität und lasse mich nicht vom gut gefüllten Geldbeutel des Gastes korrumpieren.

Teamgeist

Das Team in meinem allerersten Hotel ist sehr nett, ehrlich, freundlich und professionell. Die internationalen Gäste fühlen sich in diesem Haus oftmals schon seit vielen Jahren überaus wohl und viele bedanken sich dafür. Der Direktor führt das Hotel souverän und kollegial. Er wird respektiert und bringt für jeden Mitarbeiter ausreichend Zeit und Geduld auf.

Nicht nur Einzelreisende steigen bei uns ab, auch viele Reisegruppen kommen und gehen. Wenn japanische und andere asiatische Gäste da sind, müssen viele große, schwere Koffer transportiert werden – jedes Mitglied der Gruppe reist mit mindestens zwei Koffern. Das verlangt dem Portier eine Menge an Kraft und Ausdauer ab. Leider wird Tip zunehmend im Reisepreis integriert und kommt nicht beim Portier an. Manche Reisegruppenleiter oder Gruppengäste geben aber, wenn bei der An- und Abreise alles stimmt, dem Portier sehr wohl Tip.

Aus Neugierde habe ich mir einen Schrittzähler gekauft. Nun weiß ich, dass ich täglich zwischen 15 und 22 km in einer Schicht laufe. Für ein Fitnesscenter muss ich kein Geld ausgeben. Die Schuhsohlen nutzen sich sehr schnell ab – die Schuhe werden aber nicht vom Hotel gestellt. Sie müssen schwarz und unauffällig sein und dürfen nur mit schwarzen Socken getragen werden.

Es ist wichtig, ein wahres Organisationstalent zu sein, denn jeder soll möglichst schnell und vor allem seinen eigenen Koffer bekommen. Doch irren ist bekanntlich menschlich und so geschieht es doch hin und wieder, dass ein Koffer vertauscht wird. Dann wird er aber auf der Stelle gesucht und auch gefunden. Eine Abmahnung gibt es dafür nicht. In meinen späteren Jahren in der Luxushotellerie wird vieles völlig anders sein.

Wie jeder Portier und Wagenmeister putze ich fast täglich eine Unzahl von Kofferwagen, alles muss auf Hochglanz poliert werden, auch wenn es ohnedies glänzt. Der Empfangschef kontrolliert das sehr genau.

Es herrscht Teamarbeit, denn keiner will kritisiert werden. Da wir viele Portiers und Wagenmeister sind, bleibt trotz der vielen Arbeit dennoch Zeit für einzelne Gäste unterschiedlichen Alters, unterschiedlicher Herkunft und Tätigkeit, die gern mit dem Portier plaudern.

Gäste sind ähnlich

Ich lerne es, Gäste zu unterscheiden und in Kategorien einzuordnen. Egal, in welchem Hotel ich beschäftigt bin, die Charaktere ähneln sich. Oft genügt ein Blick, eine Geste oder ein erstes Wort, um die Menschen einzuschätzen und sich auf sie einzustellen. Wenn ich einen genervten, ungeduldigen Gast durch meine Ruhe und Professionalität überrasche und bei ihm ein plötzliches Lächeln hervorrufe, auch Blicke sagen schon viel, fühle ich mich bestätigt, alles richtig gemacht zu haben.

Manchmal wird mein freundliches Auftreten auch durch den Griff zu einer höheren Banknote belohnt. Das freut mich zwar, ist aber nicht das Wichtigste, selbst wenn das viele Außenstehende und Kollegen denken. Prinzipiell geht es mir darum, meine Augen aufmerksam durch den Raum schweifen zu lassen und natürlich immer Blickkontakt mit den Gästen zu halten.

Es gibt sehr anspruchsvolle Gäste, die das Personal hin und her jagen und zum Schluss zu aller Enttäuschung keine Trinkgelder hinterlassen, und es gibt andere, die nie nach etwas verlangen und sich bei der Abreise plötzlich äußerst freundlich bedanken.

Ja, im Hotelgewerbe, kann man die Menschen kennenlernen!

Der Empfangschef und Concierge

Mein Empfangschef ist ein älterer Herr. Er trägt immer einen schwarzen Anzug und ist als sehr streng bekannt. Er ist sich seiner Position bewusst und sehr stolz darauf. Auf mich wirkt er wie ein alter englischer Lord, aber er benimmt sich wie ein Hotelmanager, ohne die Befugnisse eines Direktors zu besitzen. Seine Aufgabe ist es, die Wünsche der Gäste entgegenzunehmen, diese leitet er dann an seine vielen Portiers und Wagenmeister weiter – und er erntet den Dank dafür.

Er ist auch der Chef-Concierge. Mit seinem Personal bespricht er nur dienstliche Angelegenheiten. Am liebsten lächelt er sich in die Herzen von alleinreisenden Damen reiferen Alters, bietet ihnen seine wertvollen Dienste an und unterhält sie mit Erzählungen aus seiner langjährigen Tätigkeit im Hotel.

An seinem Kragen blitzen zwei goldene Schlüssel, auf die er oft und gern angesprochen wird. Voller Stolz erklärt er dann, dass er hier der Chef-Concierge sei und was seine goldenen Schlüssel bedeuten.

Concierge kann jeder werden, aber den goldenen Schlüssel erhält nur, wer der internationalen Vereinigung der Goldenen Schlüssel beitritt. Mitglieder können Portiers (Concierges) des deutschen und internationalen Hotelgewerbes werden, die bereits mindestens fünf Jahre im Hotelgewerbe tätig sind, davon zwei Jahre als Portier (Concierge), und von zwei Mitgliedern empfohlen worden sind – für eine Aufnahme- und einer nicht geringen Jahresgebühr, versteht sich. Manchmal zahlt auch ein großzügiges Hotel diese Jahresgebühr.

Seit dem Tag der Hoteleröffnung sind unserem Empfangschef acht „Jungs" unterstellt. Ich bin der erste „Neue" im Team und er versucht mich entsprechend abzurichten.

Ich respektiere meinen Chef und bilde mir meine eigene Meinung, die ich auch standhaft vertrete. Von seinem Lieblingsportier schaue ich mir vieles ab, er ist für mich der Beste. Er ist ehrlich, diskret, nett und immer freundlich. Er freut sich, weil ich ihn akzeptiere und mich nicht daran stoße, dass er vom anderen Ufer ist. Das ist schließlich seine persönliche Sache.

Ich lerne das „Spiel" sehr schnell. Mit Mitarbeitern aus allen Abteilungen stehe ich häufig in der Empfangshalle im Spalier, und zwar in kompletter Uniform, mit Mantel, Schirmmütze und weißen Handschuhen, wenn VIP-Gäste empfangen werden.

Kurze Zeit später vergrößert sich unser Portier-Team um drei neue Mitarbeiter. Bisher haben sie in der Lagerwirtschaft des hoteleigenen Intershops gearbeitet. Sie sind älter und sollen die letzten Jahre bis zur Rente noch beschäftigt bleiben. Eine Uniform mit Schlips zu tragen ist für sie zunächst sehr ungewohnt und unangenehm. Aber sie lernen sehr schnell von uns, vor allem, wie sie das meiste Tip einstreifen können.

Aufstieg zum Concierge

Im Concierge-Bereich wird ein neuer Mitarbeiter gesucht. Das ist meine Chance, denn kein anderer Portier oder Wagenmeister möchte hinter den Tresen. Diese Funktion geht zwar mit mehr Verantwortung, Eigeninitiative und Stress, nicht aber mit mehr Gehalt einher. Aber mir macht sie viel Spaß und darauf kommt es mir im Job und im Leben an. An goldenen Concierge-Schlüsseln habe ich jedoch kein Interesse. Ich kann auch ohne Glitzer und Orden gut sein und mir Respekt erwerben – das weiß ich aus meiner dreijährigen Dienstzeit bei der Armee.

In unserem Hotel gibt es noch richtige Zimmerschlüssel, an denen ein schwerer goldfarbener Anhänger mit der Zimmernummer angebracht ist und die ein- und ausgegeben werden müssen. Später werden sie von einem elektronischen Kartensystem abgelöst, das zum Glück gut funktioniert.

Mein Tresen wird täglich von den Gästen geradezu belagert, denn jeder braucht etwas von mir. Ich organisiere Veranstaltungskarten, Transfers, Flugtickets, Medikamente, Babysitter, Blumen, Geschenke, Hundesitter, Restaurantreservierungen, Hotelzimmer, Limousinen, Taxiservice und vieles mehr. Beziehungen sind in diesem Bereich unerlässlich, aber die habe ich schnell und breit gestreut geknüpft.

Nun erlebe ich sehr viele, oft unglaublich erscheinende Geschichten. Manchmal fühle ich mich wie im Film. Mir geht es ähnlich wie Michael J. Fox in „Ein Concierge zum Verlieben", obwohl ich diesen Film erst Jahre später sehen werde. Kleinigkeiten bringe ich ebenso in Ordnung wie schwierig Erscheinendes. Ich liebe die Herausforderung, habe immer einen Plan und bemühe für alles um die passende Lösung.

Mein Einsatz geht weit über meinen Job hinaus, denn ich will, dass die Gäste sich nicht nur in unserem Hotel, sondern auch in meiner Stadt wohlfühlen. Manchmal verzichte ich sogar auf meine Pausen, damit ich allen behilflich sein kann. Wenn es hektischer wird, bleibe ich ruhig. Unaufdringlich gehe ich auf jeden Gast ein, bin schnell und immer freundlich. Viele Kollegen beneiden mich um meine Art, aber nur so funktioniert es.

Nicht jeder Gast ist geduldig, aber letzten Endes akzeptiert er doch, dass er nicht der Einzige und Wichtigste ist. Mein Job ist voller Erlebnisse und Highlights. Das macht ihn attraktiv, spannend, abwechslungsreich und interessant. In meinem Leben habe ich schon immer gern mit Menschen aus allen Kontinenten kommuniziert. Ich bin kein Schreibtischhengst.

Im nahezu permanent ausgebuchten Hotel, wo – falls erforderlich – auch die Besenkammern notdürftig ausgestattet und vermietet werden, habe ich sehr viel zu tun und realisiere teilweise recht ungewöhnliche Wünsche. Die Nachfrage nach freien Hotelzimmern ist hoch und ich vermittle auch Zimmer in anderen Hotels und Pensionen.

Unglaublich, aber wahr

Einer der Höhepunkte meiner Tätigkeit als Concierge wird für mich die Begegnung mit einem westdeutschen Gast. Er ruft mich an und sagt, er habe von einem Geschäftspartner erfahren, dass ich Unmögliches möglich machen könne, und er verspricht mir ungewöhnlich viel Tip, wenn ich ihm behilflich sei. Das Hotel verfügt über keine bewachten Parkplätze. Der Gast weiß noch nicht genau, wann er kommt, wünscht aber einen Parkplatz am Portal, den ich ihm natürlich nicht versprechen kann. Ich bitte ihn, sofort nach seiner Ankunft zu mir zu kommen, dann werde ich sehen, ob ich etwas für ihn tun könne. Sobald ich den Hörer aufgelegt habe, ist das Telefongespräch für mich abgehakt – als ein weiterer Spaßanruf von vielen.

Viele Tage später steht ein Gast vor meinem Tresen: „Wir haben eine telefonische Abmachung." Diskret schiebt er mir einen Umschlag zu: „Hier ist mein Autoschlüssel, der Rest ist für Sie, ich hole mir den Autoschlüssel morgen in der Früh wieder ab. Ich bedanke mich bei Ihnen herzlich." So schnell wie er vor mir aufgetaucht ist, ist er auch wieder verschwunden.

Die Taxifahrer vor dem Portal haben über Nacht in meinem Auftrag ein Auge auf die Limousine.

Im Umschlag befindet sich ein ungewöhnlich hohes Trinkgeld. Es herrschen noch Ostmark-Zeiten und für uns Hotelangestellte ist das geradezu ein paradiesischer Zustand, denn das Ostgeld wird bei der Abreise so reichlich wie noch nie verschenkt. Manche Portiers fahren nur noch mit dem Taxi nach Hause. Die DM-Einführung kommt für uns viel zu schnell.

Die Idee von der Selbstständigkeit

Im März 1990 besuche ich zum ersten Mal meinen Brieffreund in Essen. Wir haben uns früher oft in Ostberlin getroffen. Immer wenn wir uns am Grenzübergang Friedrichstraße verabschieden mussten, hat er gesagt: „Ich verstehe nicht, dass ich rüber darf, aber ihr nicht zu mir kommen dürft. Wir sind doch alle Deutsche." Er leitet er eine große Dienststelle.

Vom Begrüßungsgeld kaufe ich den ersten Sony-Fernseher für unsere Kinder. Mein Brieffreund bietet mir an, uns in den ersten Jahren unter die Arme zu greifen, und wir überlegen, ob wir eine Reinigungsfirma gründen.

Leider erkrankt meine Frau schwer. Bei der zweiten Operation unterläuft den Ärzten ein Behandlungsfehler, es gelingt uns aber nicht, diesen zu beweisen. Meine Frau besitzt drei Facharbeiterbriefe und eine Meisterausbildung, ist nun aber schwerbehindert und kann – gerade einmal 36 Jahre alt – nie wieder arbeiten. Ich bleibe im Hotelgewerbe, in das ich eigentlich nur kurz hineinschnuppern wollte.

Einfach nur zum Spaß: Paris

Mitte Juni 1990 fahren wir wie viele andere Ostdeutsche auch mit einem Westbus für drei Tage nach Paris. Es gibt viele westdeutsche Busunternehmer, die diese Reise anbieten.

Unsere Traumreise haben wir mit DM bezahlt, die DDR-Mark wird nicht als Zahlungsmittel akzeptiert. Dass ich den Reisepreis aufbringen kann, verdanke ich meinem Tip im Hotel.

In Paris reicht das Taschengeld gerade einmal für zwei Kaffees und zwei Baguettes. Aber für uns zählt nur eines: Wir fühlen uns in der Stadt der Liebe glücklich und frei.

Die Deutsche Mark

Es ist der 01.07.1990, der Abend der Währungsunion. Nun haben wir die DM und feiern das mit einem Freund in einer Bierstube in der City. Dieses bekannte Lokal ist fast immer voll, aber heute sind wir nahezu die einzigen Gäste.

Der Gastwirt kommentiert das folgendermaßen: „Die Menschen müssen sich erst daran gewöhnen, dass sie auch die DM ausgeben müssen."

28,60 DM steht auf der Rechnung, die wir zum ersten Mal in harter, deutscher Mark begleichen.

Mit DM in Bulgarien

Nach 5 Jahren sind wir wieder in Varna. Bei der Ankunft schlussfolgert ein Taxifahrer äußerst verächtlich, aus meinen Russischkenntnissen, dass wir „nur Ostdeutsche sind". Nun spreche ich nur noch Englisch und wir werden akzeptiert

Früher wurden wir, in unserem sozialistischen Bruderland, als Westdeutsche eingestuft. Einen privaten Urlaub von 3 Wochen, konnten sich nur sehr wenige 4-köpfige DDR Familien erlauben. Mit DDR Mark waren wir aber immer Deutsche 2. Klasse und alles war sehr teuer.

Die DM ist offiziell 14-15 Lewa wert. Mit „DM-tauschen? Ich mache guten Kurs für Dich..." werden wir sehr häufig angesprochen. Wer noch 10 % mehr erhofft, verliert alles. Das Angebot gilt nur für 100 DM und man erhält zwischen wenigen 1 Lewa Scheinen viel geschnittenes Papier. Dieser Geldwechsel ist offiziell verboten, aber ein blühender Handel. Eine große Melone kostet 1,30 DM und eine Flasche Champagner

1,33 DM. Für 0,07 DM fährt der Bus durch die ganze Stadt. In schnellen, kleinen Privatbussen zahlt man aber den doppelten Preis.

Wir erleben den gesellschaftlichen Umbruch des Landes. Wir kommen kurz vor der Hauptsaison an. In den vielen Cafés und Restaurants sehen wir kaum Einheimische, aber viele Touristen. Die staatlichen Läden sind leer, Privathandel beherrscht die Stadt. Die ersten privaten Läden gibt es schon, aber die Privatisierung wird gebremst, die Regierung akzeptiert noch kein Auslandskapital.

Wir feiern unser 15-jähriges Freundschaft Jubiläum. Für 10 Personen zahlen wir 116 Lewa für ein komplettes Mittagessen mit Getränken.

Mit dem Auto von Varna nach Istanbul

Wir sind eine kleine deutsch-bulgarische Reisegruppe mit 6 Erwachsenen und 4 Kindern. Mit zwei neuen großen Autos, fahren wir am Abend von Varna nach Istanbul. Vor uns liegen 1200 km. Das Visum für unsere Bulgaren ist sehr teuer. Damit wir am Zoll schneller abgefertigt werden, haben wir viele Westzigaretten gekauft. Wir fahren auf einer alten und kaputten Transitstraße. Oft weichen wir vor unbeleuchteten Eselkarren mit Heu aus. Alte Autos ohne Licht, begegnen uns überall. Plötzlich, mitten in der Nacht ist die Straße, ohne Vorankündigung zu Ende und wir stehen vor einer nicht gesicherten, tiefen Baustelle. Auf Verdacht fahren wir sehr vorsichtig vorbei und atmen erleichtert auf, als uns endlich Gegenverkehr begegnet.

Wir erreichen die bulgarische Grenze. Die türkische Autoschlange ist sehr lang, aber wir fahren an ihr vorbei. Der bulgarische Zoll schaut skeptisch auf unsere Pässe und verweigert uns die Ausreise nach der Türkei, weil wir kein bulgarisches Visum besitzen würden, was wir aber haben. Nachdem wir Zigaretten verschenken, dürfen wir ausreisen.

Am türkischen Zoll werden wir schnell und sehr zuvorkommend abgefertigt. Nun warten wir auf unser Freunde. Nachdem ich einen Türken besteche und sage, dass es sich um unsere Freunde handelt, geht auch für sie plötzlich alles sehr schnell. Ein türkischer Beamte sagt sehr freundlich, dass er alle Deutsche liebt. Die Zigaretten haben sich für unsere Reisegruppe gelohnt. Nach 3 Stunden fahren wir weiter.

Wir zahlen eine türkische Autobahngebühr, aber nach 3 km ist diese nur noch eine 2 spurige, alte Schnellstraße. Wir frühstücken und das bulgarische Picknick lässt keine Wünsche offen, wie immer haben sie an alles gedacht.

Von weitem sehen wir die prächtigen, bunten Türme und Paläste. Unser kleines Hotel ist in der Altstadt, mit Blick mit Blick zur „Blauen Moschee". Der Hotel Manger begrüßt uns herzlich in Englisch und wir folgen seiner Einladung zum Café.

Die Zimmer sind klein, komfortabel und sehr günstig. Ein Frühstück für 4 Personen kostet 7 $.

Wir parken am Straßenrand, wo kein Parkverbot Schild ist und checken ein. Auto Alarmanlagen rufen uns. Ein Auto kann gerettet werden, das zweite Auto bekommen wir für 20 $ zurück. Der Hotel Manager erklärt uns, dass türkische Abschleppdienste immer auf der Lauer liegen. Parkplätze sind Mangelware. Unsere Freunde überlassen ihre Autos einen Parkplatzwächter, müssen ihm aber ihre Autoschlüssel überlassen.

Wir verlassen die eindrucksvolle Stadt nach einer erlebnisreichen Zeit. Am Abend erreichen wir die türkische Grenze. Nach 1,5 Stunden Wartezeit betrete ich das Zollhäuschen, helfe bei unserer Abfertigung und erspare uns allen 1-2 Stunden Wartezeit.

Am bulgarischen Zoll wird uns Deutschen, die Einreise verweigert, da wir kein gültiges Visum besitzen würden. Wir sollen zurück und von Istanbul mit dem Flugzeug nach Hause zurückfliegen. Inzwischen ist es Mitternacht und alle 4 Kinder sind übermüdet. Endlich gelingt es mir einen Vorgesetzten zu sprechen, der aber kein Englisch versteht. Mein Freund übersetzt alles, aber er traut sich nicht, um nicht selbst Ärger zu bekommen, alles wörtlich zu übersetzen und setzt auf Diplomatie. Ich diskutiere freundlich und lache viel, was den Zollbeamten sichtlich nervös macht. Er behauptet seine Telefonanlage ist defekt, deshalb könnte ich meine Botschaft nicht erreichen, während zwei Telefone klingeln und dann kennt er die Telefonnummer nicht. Unsere Zigaretten werden schnell und ohne Dank eingesteckt.

Nun gibt er sich freundlich und möchte uns für 240 DM ein Visum nach Bulgarien verkaufen. Da ich die Preise kenne, bitte ich um eine eine Quittung, mit Stempel und seiner Unterschrift, was er sehr verärgert ablehnt. Nach 2 Stunden lässt uns der Zollbeamte wieder nach Bulgarien einreisen.

In Varna kaufe ich für 95 $ ein Visum, da wir ein zweites Mal nach Bulgarien eingereist sind. Nun dürfen wir von Varna aus, wieder nach Deutschland zurück fliegen.

People's Century 20th – BBC London

1996: BBC London sucht in der „Leipziger Volkszeitung" Zeitzeugen und lädt mich zu einem Film Dreh ein. Der Drehtag beginnt auf dem Leipziger Hauptbahnhof und endet nach einer Zugfahrt in Dresden. Nach dem Mittagessen mit dem netten und professionellen Drehteam besuche ich den Striezel Markt.

In meinem Beitrag geht es um meine Zeit bei der Transportpolizei. Das Filmchen erscheint auf Video und wird in vielen Ländern ausgestrahlt. Mein Brieffreund aus Neuseeland sieht es auch.

Eine ehemalige Hotelmitarbeiterin, mit der ich auch nach ihrem Weggang befreundet bleibe, arbeitet für ein Jahr in London und kauft das Video für mich.

Lieblingskind – Das Auto

Viele deutsche Männer lieben ihr Auto abgöttisch. Manchen ist es sogar wichtiger als die eigene Frau. Stolze Autobesitzer gestehen mir das unverblümt im Beisein ihrer Gattinnen, die selten Einspruch erheben.

Aber es gibt natürlich auch Frauen, die ganz vernarrt in ihr Auto sind, zum Beispiel wenn es nagelneu, ein Cabrio oder ein Luxuswagen ist. Oft ist ihnen der Wagen als Liebesbeweis verehrt worden, was sie stolz verkünden. Manchmal sage ich lächelnd zu Kollegen: „Dem Gast klappe ich gleich das Auto einfach zusammen, dann kann er es mit aufs Zimmer nehmen."

Ein Portier kann mit jedem Auto umgehen, kennt jede Wegfahrsperre und natürlich muss er auch mit jeder technischen Neuerung klarkommen. Manchmal sitze ich im Wagen und suche vergeblich nach einem bestimmten Schalter, obwohl alles sehr schnell gehen muss. Aber wer suchet, der findet.

Der Portier parkt das Auto ohne Schaden, putzt die Autoscheiben, entfernt ohne Aufforderung Abfälle, tankt den Wagen und hält einen Nachschub an Wischwasser, im Winter natürlich auch an Gefrierschutz bereit.

Er fährt den Wagen durch die Waschstraße und wenn diese dem Gast als zu gefährlich erscheint, weil er um den empfindlichen Lack fürchtet, arrangiert er eine Handwäsche und vermittelt auch gern eine professionelle Innenreinigung.

Der Portier lädt die Autobatterie wieder auf, wenn das Licht beim Parken an geblieben ist, weil der Gast seinen Wagen selbst abgestellt hat. Hat der Gast Zeit, bittet er den Portier, das Auto für etwa 30 bis 60 Minuten zu fahren, damit sich die Batterie wieder aufladen kann.

Im Bedarfsfall empfiehlt der Portier eine Werkstatt, fährt mit oder ohne Gast den Wagen hin und holt ihn auch wieder ab.

Er fährt das Auto zu jeder Zeit wieder an das Portal und übergibt es dort unversehrt seinem Besitzer.

Auch dieser Service trägt dazu bei, dass dem Portier von den Gästen tiefes Vertrauen entgegengebracht wird.

Shuttle Service

Luxushotels bieten sowohl im Stadtbereich als auch für die Fahrt zum Flughafen einen Shuttle Service an. Meist fährt der Wagenmeister oder der Portier. Obwohl ich jedes Auto fahren kann und auch gefahren bin, darunter viele nagelneue Autos und nicht nur aus Deutschland, bin ich kein Autonarr. Das erweist sich manchmal als Nachteil, weil ich nach den PS und anderen Daten des Shuttles gefragt werde. Deshalb habe ich eine Liste angelegt, die ich kopiert habe und verteilen kann, wenn meine Fahrgäste sich wieder für bestimmte Details interessieren.

Die meisten Gäste eines Luxushotels mögen es, wenn sie mit ihrem Namen angesprochen werden. In manchen Hotels ist das sogar in den Dienstvorschriften festgehalten. Doch wenn man täglich mit mehr als hundert Gästen zu tun hat, kann einem das ganz schön viel abverlangen. Gleichwohl ist es ein Zeichen von Professionalität, wenn der Gast beim Einchecken an der Rezeption gleich persönlich angesprochen wird.

Rezeptionisten und Concierges haben leichtes Spiel, weil sie an entsprechend programmierten Computern arbeiten. Schwierig wird es hingegen für einen Wagenmeister oder Portier. Da man es aber im Zuge des Shuttle Service oder beim Parken des Autos auch mit Gepäck zu tun bekommt, das oft mit Kofferanhängern versehen ist, lässt sich der Name des Gastes in der Regel schnell ermitteln.

Außerdem gibt es eine tägliche Anreiseliste und VIPs werden mit Foto angezeigt. Manchmal weiß ich bereits, wer ankommt, sobald sich das Auto nähert.

Trotzdem ist es für den Gast wesentlich einfacher, sich den Namen eines Mitarbeiters zu merken. Die Mitarbeiter tragen nämlich Namensschilder.

Umgang mit Gästereklamationen

Während meiner Arbeit in fünf verschiedenen deutschen Luxushotels habe ich festgestellt, dass mit Gästereklamationen ganz unterschiedlich umgegangen wird. Zunächst einmal ist zwischen berechtigter und unberechtigter Kritik zu differenzieren. Im Vordergrund hat aber stets die Zufriedenheit des Gastes zu stehen, schließlich möchte man, dass er wiederkommt. Geht er unzufrieden, hat man mit schlechter Mundpropaganda zu rechnen, die dem Image des Hotels enormen Schaden zufügen kann. Deshalb agiert man meist nach dem Motto: „Der Gast hat immer recht."

Bei groben Mängeln, etwa bei der Heizung oder bei Wasserproblemen, übt der Gast durchaus berechtigte Kritik, aber nicht jedes Luxushotel reagiert darauf so, wie man das erwarten könnte. Viel hängt davon ab, ob das Personal entsprechend geschult worden ist und kompetent mit Kritik umgehen kann.

Natürlich gibt es auch Gäste, die aus der Kulanz Vorteile für sich herausschlagen möchten. Das Parken in der Hotelgarage ist meistens gebührenpflichtig, was aber nicht bedeutet, dass bei Parkschäden Versicherungsschutz gegenüber dem Hotel besteht. Bekanntlich ist das in jedem deutschen Parkhaus so. Normalerweise ist ein Kamerasystem installiert, das im Fall von Fahrerflucht bei der Suche nach dem Verursacher wertvolle Dienste leisten kann.

Vereinzelt beschweren sich Gäste darüber, dass ihr Wagen zuvor keinen Parkschaden gehabt habe, nach dem Parken aber ein solcher zu verzeichnen sei. Auch hier kommt die Wahrheit meist schnell an den Tag. Manchmal reicht schon die Information, dass die Angelegenheit ein Fall für die Versicherung werde, und der Gast lässt die erhobenen Anschuldigungen umgehend fallen.

Hin und wieder gibt es Gäste, die beim Check-out versuchen, Nachlässe oder Entschuldigungsgeschenke einzustreifen. Jedes Hotel geht mit solchen Ansinnen anders um. Es gibt mündliche Entschuldigungen, Gutscheine für F&B, einen kostenfreien Garagenplatz, Pralinen, aber auch Übernachtungen. In der Regel bekommt der Gast natürlich recht, denn er soll ja wiederkommen.

Sehr beliebt sind Reklamationen, dass aus der Minibar bereits bei der Ankunft etwas fehlt, oder es wird eine Weißweinflasche mit Wasser präsentiert, die der Gast so vorgefunden haben will.

Um solchen Täuschungsmanövern einen Riegel vorzuschieben, sichern viele amerikanische Hotels ihre Minibar durch eine elektronische Vorrichtung. Sobald eine Flasche entfernt wird, wird dies registriert. Andere Hotels verzichten gänzlich auf Minibars, stellen Automaten auf oder die Rezeption übernimmt den Verkauf. Diese Regelungen gelten zunehmend, inzwischen auch in deutschen Hotels mit amerikanischer Führung.

Trinkgeld

Das Trinkgeld (Tip) sammelt in meinem ersten Hotel der Empfangschef nach jeder Schicht persönlich von seinen Portiers und Wagenmeistern ein und verteilt es am Monatsende nach eigenem Ermessen an alle, auch an sich selbst. Wie viel er selbst behält, kann man nur erahnen, das weiß niemand so genau, denn keiner verrät den anderen Kollegen, wie viel Tip er erhält.

Erstaunt stelle ich nach einem Monat fest, dass meine Kollegen nicht – wie ich das mache – das gesamte Trinkgeld abgeben. Der Lieblingsportier des Chef-Concierge verrät mir, dass es schon immer ein internes, leicht variables Limit gibt, das im persönlichen Ermessen liegt. Schon nach wenigen Wochen ändert sich das. Der Chef-Concierge bekommt eine Anweisung und muss schweren Herzens sein jahrelang praktiziertes Trinkgeldgebaren aufgeben.

Jede Schicht teilt nun das Trinkgeld unter den Kollegen auf. Dieses Vorgehen erscheint mir gerechter und wer ehrlich ist, teilt auch redlich mit den anderen.

Tip zu bekommen ist nicht nur schön und eine Anerkennung, es ist vor allem eine wichtige Aufstockung des geringen Grundgehalts eines Portiers und Wagenmeisters. Viele Mitarbeiter und manche Vorgesetzte ignorieren das aus Unwissenheit oder Neid.

Sehr oft werde ich nach der Höhe meines durchschnittlichen Tips gefragt. Natürlich ist das für Außenstehende eine höchst interessante Frage. Die Vorstellungen sind aber meistens unrealistisch. Reiche Gäste geben meist kein oder nur wenig Tip. Im Gegensatz zu den USA ist es in Deutschland eine Ermessensfrage, ob und wie viel Tip gegeben wird. Es kommt immer auf den Einzelnen an. Concierges und Portiers, die den gleichen Job machen, bekommen nicht unbedingt Tip in gleicher Höhe.

Ich erlaube mir, diese Frage später zu beantworten, wenn ich über meine nächsten 17 Jahre in der First-Class-Hotellerie in Westdeutschland berichten werde.

Der Koffermann

An einem sonnigen Oktobertag des Jahres 1990 klettert ein mit Schal und Zylinder bekleideter Koffermann auf den fünf Meter hohen Uhrturm vor dem Hoteleingang. Er soll dort fotografiert werden, bevor er sich auf seinen Weg in die City macht. Dreimal am Tag geht er dort spazieren und wer ihn komplett bekleidet erkennt – er muss aber auch seine Handschuhe tragen –, erhält 500 DM geschenkt.

Der Koffermann streift sich gedankenverloren seine weißen Handschuhe über. Der Empfangschef ruft ihm fröhlich das heutige Kennwort „Gohliser Schlösschen" zu und fragt, ob er nun die 500 DM gewonnen habe.

Die Spielregeln der „Bild Zeitung" sind jedenfalls erfüllt, der Empfangschef bekommt die 500 DM und gibt sie an das Empfangspersonal weiter.

Die Tour durch die Möbelläden

Aufgrund meiner langen Berufserfahrung und meiner ausgezeichneten Kontakte begleite ich an einem freien Tag einen Hotelgast durch sämtliche Möbelläden der Stadt. Er ist Inhaber einer westdeutschen Möbel- und Verwaltungsgesellschaft und immer auf der Suche nach interessantem Mobiliar.

Zum Dank für meine Bemühungen erhalte ich die von mir gewünschte Bosch-Stichsäge mit Zubehör.

Kurz verhandeln wir darüber, ob ich für ihn arbeiten werde. Das scheitert allerdings am zu geringen Gehalt.

Abwerbeversuche

Immer wieder versuchen Gäste, diejenigen unter dem Hotelpersonal, die sie als besonders qualifiziert einstufen, abzuwerben. Eine amerikanische Versicherung verfolgt mich besonders hartnäckig und bei einer großen deutschen Krankenversicherung habe ich aus Neugierde ein Vorstellungsgespräch vereinbart. Aber der Posten reizt mich nicht.

Alles gratis

Ein sehr bekanntes deutsches Unternehmen hat neben dem Hotel einen großen Truck geparkt. Den ganzen Tag über werden an Passanten Joghurts und andere Produkte als Proben verteilt. Sie stecken in großen, bunten Plastiktüten.

Das Hotelpersonal wird besonders großzügig beschenkt und ich fahre mit einem Taxi nach Hause.

Im Orient-Express

An einem Abend, Anfang November 1990 fahre ich im berühmten Orient-Express. Mit Kollegen versehe ich im Zug die Gepäckstücke der anreisenden Hotelgäste mit ihren Zimmernummern.

Als Erinnerung kaufe ich im Zug eine Brosche. Auf dem Hauptbahnhof laden wir das Gepäck auf einen LKW und fahren es zum Hotel, wo es sofort auf die Zimmer verteilt wird.

Die erste Misswahl

In der Nachtbar des Hotels findet die erste, wenn auch inoffizielle Misswahl der Stadt statt. Gesponsert wird sie von reichen Stammgästen und Geschäftsleuten.

Ich fahre die Präsente, Farbfernseher und viele andere wertvolle Dinge, zum Ort des Geschehens.

Die stolzen Gewinnerinnen werden mit diesen Sachgeschenken bedacht. Zuvor haben sie allerdings leichtgläubig dubiose Verträge unterschrieben.

Mehrere junge Damen verlassen tief enttäuscht und weinend die Nachtbar.

Das erste Kasino

Die in der ganzen Stadt beliebte Nachtbar wird verpachtet und das erste Spielkasino in Leipzig zieht in die Räumlichkeiten ein. Nicht selten borge ich einem Gast einen meiner Hotelbinder, weil er nur so Zutritt ins Kasino bekommt. Vom Trinkgeld könnte ich mir mehrere neue Krawatten leisten.

Junge Kellner schulen zum Croupier um und verdienen nun wesentlich mehr Geld als bisher.

Jeden Abend fahren funkelnagelneue Nobelkarossen vor, deren stolze Besitzer dem Portier lässig ihre Autoschlüssel zuwerfen.

Neureiche Großbauern geben ihm äußerst großzügig Trinkgeld, aber nur dann, wenn sie nach einer erfolgreichen Nacht das Kasino verlassen.

Wenige Monate später kommen sie allerdings nicht mehr.

Die Porsche-Frau

Ich taufe sie die „Porsche-Frau", jene ausgesprochen nette, erfolgreiche Unternehmerin, welche stets das allerneueste Porsche-Modell fährt. Sie liebt schnelle Autos und Partys und gehört zu den Sponsoren der ersten Misswahl

Im Hotel ist sie nur zum Schlafen und Feiern. Als gern gesehener Stammgast bewohnt sie immer die gleiche schöne Suite. Eines Tages bleibt sie aus und Gerüchte kursieren, dass sie Steuerprobleme habe.

Viele Jahre später trifft die Porsche-Dame ihren Lieblingsportier vor einem Luxushotel im Westen wieder. Sie ist immer noch eine erfolgreiche Geschäftsfrau. Ihren neuen, weißen Porsche hat sie erst vor wenigen Stunden im Sächsischen Porsche-Werk abgeholt. Gern überlässt sie mir ihr nagelneues „Kind".

Bambi-Verleihung

Zum 43. Mal – und erstmals in einem ostdeutschen Bundesland – wird der „Bambi", der Medienpreis des BURDA Verlagshauses München, verliehen. Über 1000 Gäste, darunter viele Bambi-Stars, feiern in der Oper die „Besten des Jahres 1990".

Als Bundesaußenminister Hans-Dietrich Genscher erscheint, um Kurt Masur einen Bambi zu überreichen, singen Tausende: „So ein Tag, so wunderschön wie heute." Er bleibt bescheiden und so begrüßt er auch jeden Hotelmitarbeiter.

Die meisten VIPs, die zur Verleihung angereist sind, wohnen bei uns, im immer noch größten und besten Hotel der Stadt. Im Minutentakt bringen schwarze Limousinen der Firma Sixt die Gäste vom Hotel in die Oper und wieder zurück.

VIPs

Ein Schauspieler steht in der Empfangshalle und wird von einer kleinen Schar junger Mädchen umschwärmt, die ihn schüchtern um ein Autogramm bitten. Sehr laut und unfreundlich weist er sie ab: „Sie sehen doch, dass ich das jetzt nicht kann!" Er zeigt auf seine kleine Mappe unter dem Arm. Zutiefst enttäuscht treten seine Fans den Rückzug an. Andere Gäste schütteln missmutig den Kopf.

Zu mir ist er jedoch freundlich und überlässt mir zwei Autogrammkarten, die ich den überraschten Mädchen schenke.

Eine Schauspielerin hat viele Anliegen und ruft mich mehrmals in ihr Zimmer. Sie ist sehr freundlich und herzlich – ein überaus angenehmer VIP-Gast.

Ein sehr bekannter Rockmusiker signiert mehrere CDs für mich und sagt: „Schön, dass Sie auch meine neue CD gekauft haben." Sein Manager flüstert ihm laut hörbar ins Ohr: „Da ist die neue CD noch nicht dabei!" Er entgegnet lachend: „Macht ja nix, die kauft er sich bestimmt auch noch!"

Ein deutscher Komiker wird schon sehnsüchtig von vielen Hotelmitarbeitern erwartet und alle freuen sich, als er in einem Pulk von anderen VIPs in der Hotelhalle erscheint. Er ist aufgedreht und zieht mit seinen Gags, die die meisten schon aus seinen Shows kennen, alle in seinen Bann.

Eine Sängerin und Liedermacher gehört zu meinen Lieblingsinterpreten und ich freue mich, sie persönlich zu treffen. Gern gibt sie mir ein Autogramm.

Einen Showmaster sehe ich von attraktiven Frauen umringt und er genießt das außerordentlich. Mit zwei Damen im Arm kommt er zum Shuttle. Er ignoriert den bereitstehenden Fahrer und hilft den Damen mit viel Show beim Einsteigen.

Zu mir sagt er schmunzelnd: „Danke, das mache ich gern allein. Ein Mann muss so wie ich immer ein Kavalier sein! Diese sind aber in heutiger Zeit leider nur noch sehr rar." Ich stimme ihm zu und er sagt triumphierend: „Danke, ich bin immer froh, wenn mich einer versteht."

Eine ältere Schauspielerin vergisst bei ihrer Abreise ihre Handtasche im Foyer. Ich bemerke es und bringe sie ihr zum Auto nach. Sie schaut mich entsetzt an und stammelt atemlos: „Ich habe meinen gesamten Schmuck da drinnen." Äußerst erregt ist sie nur noch damit beschäftigt, den wertvollen Inhalt ihrer Handtasche auszupacken und genau zu überprüfen, bevor sie ohne Dank und Gruß abfährt.

Ein Schauspieler, Entertainer und Sänger, ist für mich ein echter Ur-Berliner, den ich kenne, vergleichbar mit Frank Sinatra. Er strahlt jeden Hotelmitarbeiter ehrlich und freundlich an und begrüßt mich immer mit Handschlag. Weil er sich nie unterkriegen lässt, erinnert er mich an mein Idol Udo Jürgens und sein Lied „Geradeaus!", das mich mein Leben lang begleitet.

Einen berühmten Schauspieler begleite ich ehrfürchtig zur Limousine, er wird dabei von zwei Männern gestützt.

Ich kann kaum glauben, dass dieser gebrechliche alte Herr 20 Jahre später immer noch auf der Bühne stehen wird.

Hotelverpachtung

Vor vielen Jahren habe ich meinen Auto Führerschein gemacht. Mit einem Freund übe ich nun auf einem Feldweg das Autofahren, denn dass ich es beherrsche, ist eine Voraussetzung für meinen neuen Job.

Auf unsere beiden 1978 bestellten PKWs, einen Trabant 601S und einen Skoda 120L, haben wir vergebens gewartet. Dank der Wiedervereinigung besitzen wir nun einen Jahreswagen, einen Ford Fiesta 1,4 CLX.

Dienstlich werde ich in ein bekanntes Hotel in München zum Erfahrungsaustausch entsandt. Gemeinsam mit meiner Frau wird es die erste Fahrt im ersten eigenen Auto, das wir erst vor wenigen Tagen gekauft haben.

Das Hotel bekommt aber einen anderen Pächter als vermutet. Eine Zeitung schreibt, dass das Hotel „für 1 Million DM an eine bekannte große Hotelkette verpachtet wird. Alle 370 Mitarbeiter werden übernommen".

Auf dem Foto mit dem Hotel und dem scheidenden Direktor bin ich in Uniform abgebildet. Das Personal bereitet seinem ehemaligen Direktor, der das Haus elf Jahre erfolgreich geführt hat, einen großen und rührenden Abschied.

In Zukunft wird es regelmäßig Treffen der ehemaligen Hotelmitarbeiter geben. Sie sollen an die Hoteleröffnung und an die alten Zeiten erinnern. Die früheren Mitarbeiter kommen gern mit Partnern aus ganz Deutschland und dem Ausland. Der ehemalige Direktor wird dabei mit tosendem Beifall bedacht, das rührt ihn, aber im Grunde möchte er gar nicht so viel Aufmerksamkeit. Einmal nehmen auch wir an einem solchen Abend teil.

Als westdeutsche Hotelgäste wohnen wir später zweimal in besagtem Hotel, fast alles hat sich verändert und vieles empfinden wir als weniger schön. Die Betreiber wechseln mehrmals und die Konkurrenz ist groß.

Versuch zur Bildung eines Betriebsrates

An das Schwarze Brett haben Mitarbeiter eine Liste geheftet, in der sich alle eintragen können, die Interesse daran haben, im neu gegründeten künftigen Betriebsrat mitzuwirken. Ich trage mich ein, da ich mich immer schon gern für Menschen engagiert habe. Wenige Tage später ist mein Name durchgestrichen und dahinter steht: „Stasi."

Am nächsten Tag ist die Liste verschwunden. Jene Mitarbeiter, die die Absicht geäußert haben, einen Betriebsrat zu gründen, verlassen kommentarlos das Hotel. Es wird verlautbart, dass kein Betriebsrat notwendig sei.

Vermutlich hat mich eine Zimmerfrau, ihr Mann ist Polizist, gestrichen. Ebenso wie er bin ich Transportpolizist gewesen, aber in Zivil. Im Gegensatz zu ihm, habe ich nach elfmonatigen Auseinandersetzungen, in denen ich zum Staatsfeind erklärt worden bin, als erster und einziger Mitarbeiter meinen Dienstvertrag sechs Jahre früher als geplant beendet.

„Weil Sie Ossis sind!"

Ein neuer leitender Mitarbeiter eröffnet uns: „Weil Sie Ossis sind, werden Sie alle professionell im Umgang mit Gästen geschult!"

Ich lerne, was wir alle schon immer können und machen. Die Trainer sind nett, gut und wundern sich, dass sie hier kaum etwas Neues vermitteln können. Zusätzlich muss jeder einen Englischtest absolvieren.

Ich habe nie Englischunterricht gehabt, sondern mir die Sprache während meiner Schulzeit selbst beigebracht und werde nach einem umfangreichen Test den Fortgeschrittenen zugeordnet, die natürlich auch noch geschult werden.

Im Back Office hängen nun farbige, große Bestenlisten, der „Beste Mitarbeiter des Monats" wird gesucht und prämiert. Der neue Pächter ist sehr stolz darauf, aber viele Mitarbeiter schütteln nur den Kopf. Es erinnert sie an den „Sozialistischen Wettbewerb". Ich verzichte gern an der Teilnahme und Preisverteilung. Nach kurzer Zeit gibt es sie nicht mehr.

Concierges sind nun auch Rezeptionisten und übernehmen die eingesparte Telefonzentrale. Jetzt habe ich drei Jobs und bekomme dafür ein Gehalt, deshalb wechsle ich wieder zurück zum Wagenmeister und Portier.

Ein Jahr später, die Personalabteilung versucht mich zu halten, kündige ich meine sichere Anstellung.

Mein erstes privates Luxushotel

Nun gehöre ich zum Eröffnungspersonal einer großen deutschen privaten Hotelkette. Es ist hektisch, arbeitsreich und alle bringen sich ein. Es werden viele Betten getragen und bezogen, Teppiche gereinigt und sehr schwere Fitnessgeräte geschleppt.

Der Eröffnungstag wird mit einem riesigen Stadtteilfest begangen. Viele VIP-Gäste sind mir neugierig gefolgt. Sie kommen aber nicht wieder. Es fehlt ein Wellnesscenter.

Das Hotel liegt im Grünen, stadtnah und an einer belebten Straße. Die Eigentümerfamilie tritt professionell, aber sehr reserviert auf. Für das Personal werden kaum Investitionen getätigt.

Meine junge Empfangschefin geht sehr oberflächlich mit den Gästen um, beneidet mich um meine vielen guten Gästekontakte und intrigiert gegen mich. Da sie keine fachlichen Gründe finden kann, versucht sie, mir psychisch zuzusetzen. Sie behauptet, dass Gäste sich beschwert hätten (Namen will sie mir nicht nennen), dass ich übermäßig schwitze und zu wenig auf meine Hygiene achte. Sie droht mir sofort mit einer Abmahnung. Ich widerlege ihre Argumente. Bald darauf verlässt sie das Hotel.

Die Einsammlung von Hotelschildern

An einem Sonntag bekomme ich den Auftrag, mit dem Hotel-Shuttle durch die Stadt und ins Umland zu fahren und alle Hinweisschilder an den Straßen einzusammeln. Diese Schilder sind aus Anlass der Eröffnung angebracht worden, um den Gästen den Weg zu weisen. Die Stadt hat ihre Aufstellung jedoch für illegal erklärt und mit einer hohen Geldstrafe gedroht.

Ich brauche den ganzen Tag, um alle Schilder einzusammeln – obwohl mir meine Frau dabei hilft.

VIPs

Eine deutsche Tennisspielerin und andere international bekannte Damen aus dem Tenniszirkus kommen einmal im Jahr und sind äußerst freundlich. Das Hotel entwickelt sich – auch aufgrund ihrer Anwesenheit – zu einem sehr bekannten Sporthotel. In dieser Zeit sieht man in vielen Hotelfenstern Sportbekleidung hängen und vom normalen Hotelleben ist nicht mehr viel zu spüren.

Ein weltweit bekannter Dirigent gehört mit seiner Familie zu den Stammgästen. Sie sind volksnah, freundlich und nett. Er nimmt mit Tränen in den Augen einen Bambi „als Hoffnungsträger für das Volk" entgegen. Er gehört zu denjenigen Prominenten in der Stadt, die zur friedlichen Revolution beigetragen haben.

Ein Sänger und Komponist ist ein bescheidener Gast. Ich bin überrascht, wie klein er ist, denn auf der Bühne kommt er mir viel größer vor. Er möchte keine Publicity, äußert keine Extrawünsche und begegnet jedem Mitarbeiter mit größter Freundlichkeit. Die Empfangschefin muss ihn lange beknien, bis er sich dazu bereit erklärt, sich mit ihr für Werbezwecke fotografieren zu lassen.

Ein Schlagersänger ist sich als Idol vieler Frauen seiner Popularität bewusst. Bei seiner Ankunft geht er achtlos am Personal vorbei, erwidert nicht einmal die Begrüßungsworte, freut sich aber darüber, dass er als VIP-Gast mit Blumen empfangen wird. Er lässt sich bereitwillig fotografieren und gibt seinen Fans Autogramme.

Ein Baron wird zur Fundsache: An einem Morgen finde ich vor der Hotelbar einen schlafenden, betrunkenen Gast. Es ist ein Baron. Mit einem Kellner schleppe ich ihn in eine freie Suite, um seine Frau nicht zu stören. Der Frau, einer bekannten Sängerin, wird eine Nachricht gesandt.

Mittags beschwert sie sich bei der Hoteldirektion: Sie suche ihren Mann, er habe nicht neben ihr im Bett gelegen.

Ihre Suite ist stets überheizt. Zum Schutz ihrer Stimme hat sie die Installation zusätzlicher Heizkörper gewünscht. Betritt jemand ihr Zimmer, muss die Tür sehr schnell geschlossen werden, da die Sängerin Angst hat, dass Zugluft ihrer Stimme Schaden zufügen könnte.

Viele Wochen bewohnt ein seriös gekleideter Herr unsere beste Suite. Jeden Tag erhält er einen Packen Geschäftspost und seine vielen Briefe bringt ein Page täglich zur Post.

Der Stammgast ist hochgeachtet und verteilt großzügig Trinkgelder. Eines Tages kündigt er an, dass ihm seine CD-Sammlung von zu Hause nachgesendet werde. Das Paket kommt an, aber der Gast ist verschwunden.

Die Polizei fahndet nach einem amtsbekannten Hochstapler.

Der Glanz erlischt

Das Hotel steht in einem harten Konkurrenzkampf mit den vielen neuen Luxushotels in der Stadt und hat leider allzu schnell an Glanz verloren. Es kann nicht mehr mithalten, weder mit dem vielgepriesenen Wellness- und Fitnessbereich noch mit dem Service. An den Wänden kleben Plastikschalter, die das Vorhandensein einer Klimaanlage vortäuschen sollen, und auf Nachfrage müssen die Mitarbeiter erklären, dass momentan technische Probleme vorlägen.

Auch bei den Mitarbeitern wird gespart. Manche fühlen sich überfordert oder werden in andere Positionen gedrängt, bis sie kündigen.

Für meine Empfangschefin kopiere ich zwei Stunden lang heimlich ein hotelinternes Handbuch. Diese Kopie benötigt sie zur Eröffnung ihres nächsten Hotels. Sie hat gekündigt. Außer mir gibt es nur noch zwei Pagen, die tagsüber arbeiten.

Nach drei Jahren kündige auch ich meine Anstellung. Kurz darauf reicht mein bulgarischer Kollege und Freund seine Kündigung ein und ich helfe ihm, sein Bewerbungsgespräch in einem neu eröffneten Hotel erfolgreich zu meistern.

Ein neues Luxushotel in der City

Die Personalchefin führt ein ausgedehntes Einstellungsgespräch mit mir und wechselt plötzlich ins Englische. Als erfahrener Concierge und Portier erkläre ich mich bereit, als erster Doorman neue Mitarbeiter, die noch ohne Erfahrung im Hotelgewerbe sind, einzuarbeiten und sie zu unterstützen. Ich bekomme den Job.

Es wird meine zweite Hoteleröffnung und in der Voreröffnungszeit komme ich nur mit einer Zugangskarte der Sicherheitsfirma in das Haus. Es gibt viel zu tun, vor allem fallen Reinigungsarbeiten an. Meine Empfangs Chefin kenne ich schon von früher.

Die Personalchefin erfährt von meinen kritischen Bemerkungen und eine Mitarbeiterin, die bei den Orgien anwesend ist, warnt mich vor ihr.

Den Gästen wird auch in der Nacht Room Service geboten, wofür der Nachtportier und der Nighti zuständig sind. Es gibt alle Getränke und vier Gerichte, die von uns frisch zubereitet werden – manchmal mehrere gleichzeitig, natürlich schnell und bis zu ca. 18 Stück auf einmal. In der Küche gibt es dafür einen Kühlschrank. Es wird genau nach Farbfotos angerichtet. Sehr oft fehlen die nötigen Zutaten oder sind zumindest nicht in der richtigen Menge vorrätig. Dann wird hektisch gesucht und oft improvisiert.

Im Nachtdienst werden die Zeitungen von Werbeprospekte befreit und danach verteilt. Am Morgen erfragt der Nighti von anderen Hotels die Belegungszahlen und den Preisdurchschnitt. Diese Liste wird anschließend beim Meeting der Direktion vorgelegt.

Tiefgarage

Die Garagenplätze in der Tiefgarage sind auf Masse gebaut und extrem eng, besonders für große Limousinen. Die Garageneinfahrt befindet sich in einer Nebenstraße und die Ausfahrt führt direkt auf eine überaus belebte Hauptstraße. Die Gäste parken ungern selbst in der Garage.

Die Wagenmeister und Portiers kommen sich vor, als hätten sie einen anspruchsvollen Fitnessparcours zu bewältigen, da häufig mehrere Gäste gleichzeitig an- oder abreisen: Rein ins Auto, in die Tiefgarage, parken, zurück durchs Hotel, rauf zur Rezeption und ab in den nächsten Wagen oder umgekehrt.

Vor dem Hotelportal ist nur wenig Platz für Autos. Die Mitarbeiter sind daher angewiesen, sehr schnell zu handeln, was auf Kosten der Aufmerksamkeit geht und hin und wieder Parkschäden nach sich zieht, besonders an den Außenspiegeln. Die Mitarbeiter sind für solche Fälle über das Hotel versichert.

Auch ich habe beim hastigen Ein- oder Ausparken den einen oder anderen Außenspiegel beschädigt und einmal ist mir ein rasender Kleintransporter in einen Gästewagen gekracht. Ein Kollege, auch in Eile, hat zu viel Gas gegeben und ist vorne gegen eine Wand geschrammt, vor Schreck hat er darauf einen falschen Gang eingelegt und ist rückwärts gegen einen anderen parkenden Wagen gefahren.

Solche Situationen sind peinlich und im Grunde leicht zu vermeiden, wenn man weniger zur Eile angetrieben würde. Man nimmt sie aber billigend in Kauf. Ich gewöhne mir an, im Interesse der Gäste und der Sicherheit die eingeforderte Schnelligkeit zu ignorieren und dafür bedächtiger und damit aufmerksamer zu handeln.

Poolparty

Das erste Personalfest findet im Pool-Bereich des Hotels statt. Da es Winter ist, steht die Party unter dem wärmenden Motto „Karibik". Wir sind alle aufgefordert, kostümiert zu erscheinen. Der Abend wird ein voller Erfolg. Es wird uns sehr viel geboten und wir amüsieren uns prächtig.

Erotik der anderen Art

Gelegentlich, aber mit einer gewissen Regelmäßigkeit reisen eine Dame und ein Herr in getrennten Autos an. Das Hotel ist ihr Liebesnest. Sie lassen sich das Frühstück aufs Zimmer servieren und frequentieren den Wellnessbereich. Der Abschied, der meist in der Garage erfolgt, dauert lange und ist schmerzvoll.

Manche Herren steigen inkognito im Hotel ab. Wenn ihre Frau anruft, lassen sie sich verleugnen.

Reisen Gruppen zu Konferenzen an, ist es keine Seltenheit, dass das eine oder andere Zimmer unbenutzt bleibt und lediglich der Anschein erweckt wird, als würde dort jemand logieren. Liebeshungrigen Pärchen reicht nämlich ein einziges Zimmer.

Die zweite Bambi-Verleihung

VIPs, deren Namen ich nicht nennen will, möchten zum Empfang der Bambi-Gäste gehen und bitten mich, auf ihre beiden Bambis aufzupassen. Die Bambi-Auszeichnung ist ein Bronzeguss aus 18 Karat Gold und wiegt einen Kilogramm. Der Materialwert beträgt 2900 DM.

Ich finde es witzig, gleich zwei dieser Trophäen in meiner Obhut zu haben.

Titanic Shows

In einem Jahr finden mehrere Titanic Shows statt. Wie an Silvester tragen wir unsere schwarzen Zylinder und weiße Handschuhe. Das Motto der Veranstaltung lautet: „The Last Dinner Anno 14.04.1912."

Diese Veranstaltungen finden großen Zuspruch und bringen jede Menge Publicity. Nach dem Film bittet der Kapitän, es ist der Direktor, zum Cocktail, anschließend folgt ein sechsgängiges Menü, angelehnt an die letzte Mahlzeit, die den Gästen der ersten Klasse auf der Titanic serviert worden ist.

Das bittere Ende bleibt den Gästen zum Glück erspart. Um 23.40 Uhr gibt es lediglich einen Kollisions-Cocktail. Nach 2 Uhr morgens verlassen die Gäste unversehrt unsere Titanic.

Oscar Night

Aus Anlass der „70th Academy Awards 1998" zeigt das Hotel die ganze Nacht über die Übertragung der Verleihung aus dem Shrine Auditorium in Los Angeles. Dazu wird festliches Essen serviert.

Lange im Voraus ist die Veranstaltung ausverkauft. Die Gäste genießen eine imposante und spannende Show.

VIP`s

Mit vielen und sehr bekannten Persönlichkeiten, erlebe ich viele interessante Geschichten, wenige möchte ich erwähnen.

Ein Schauspieler hat die gleiche Dame wie mehrmals zuvor auf seinem Zimmer. Als ich zum zweiten Mal in dieser Nacht gerufen werde, um eine Flasche Champagner zu servieren, öffnet sie mir nackt und schaut mir verführerisch lächelnd beim Aufmachen der Flasche zu.

Dann kommt der Schauspieler aus dem Badezimmer. Er bedankt sich großzügig und beide verabschieden mich mit einem „Tschüss".

Die Security hat zwei Zimmer auf der Etage zur Verfügung, in der ein Politiker wohnt. In der Nacht finde ich bei einem Kontrollgang alle vier auf Stühlen schlafend vor, zwei schnarchen lautstark vor sich hin.

Doch das ist noch nicht alles: Ihre Waffen liegen frei zugänglich auf dem Tisch. Es wäre ein Leichtes, sie an sich zu nehmen. Was da nicht alles passieren könnte!

Der entflohene Scheich: Er ist jung, sehr nett und hat eine ganze Etage gemietet. In seinem Gefolge reisen etliche verschleierte Frauen, außerdem Köche und Sicherheitspersonal.

Eines Nachmittags bricht er allein in die Stadt auf. Er bittet mich, falls man mich danach fragen sollte, zu sagen, er sei nach rechts gegangen.

Kurz danach stürzen drei aufgeregte Sicherheitsleute auf mich zu. Ich schicke sie in die vom Scheich gewünschte Richtung. Stunden später kehren sie nach offensichtlich vergeblicher Suche zurück.

Am späten Abend erscheint der Scheich gut gelaunt und glücklich im Hotel. Er erzählt mir, er habe sich unsere schöne Stadt angesehen, er habe auch meinen guten Rat befolgt und die weltbekannte historische Gaststätte aufgesucht, aber eine viel gemütlichere Biergaststätte habe ihm wesentlich besser gefallen.

Ich lerne weitere Persönlichkeiten kennen und schätzen, die einen Beitrag zur friedlichen Revolution in der DDR geleistet haben, und das erfüllt mich mit Stolz und Freude.

Ein Politiker: Der geborene Ostdeutsche hatte großen Anteil an der europäischen Einigung und am Gelingen der deutschen Wiedervereinigung. Ich verehre ihn sehr.

Er fragt mich, wie es mir und meiner Familie nach der Wende gehe. Auf einer Fußgängerbrücke wird er von Passanten erkannt, die ihn umringen. Er spricht freundlich mit ihnen und schreibt Autogramme.

Ein Liedermacher: In meinem Geburtsjahr siedelte er aus der BRD in die DDR über und wurde während eines Konzerts in der BRD aus der DDR ausgebürgert. In der DDR kam es zu einem Künstlerprotest.

Ich spreche längere Zeit in seiner Suite mit ihm. Danach schenkt er mir sein berühmtes Gedicht – signiert.

Ein Modesigner: Strahlend lächelnd öffnet er mir am Morgen die Tür zu seiner Suite. Die Hundedame Daisy trappelt mir freudig entgegen. Er stellt sie mir vor, während er sie auf den Arm nimmt, was ihr gefällt. Es erweckt den Anschein, als würden wir drei uns schon ewig kennen.

Eine Sängerin: Bevor sie abreist, steht sie wartend im Foyer. Sie strahlt mich an und bittet mich, niemandem zu verraten, wer sie sei. Sie freue sich darüber, dass sie bisher noch keiner erkannt habe.

Dieses Versprechen kann ich ihr gern geben. Unauffällig wie jeden anderen Hotelgast auch begleite ich sie zum Wagen.

Mein Idol: Zum zweiten Mal habe ich Gelegenheit, mein Idol unter vier Augen zu sprechen. Ich zeige ihm einen berühmten Saal, der ihn sehr beeindruckt, und er erinnert sich erfreulicherweise an unsere erste Begegnung im anderen Hotel.

Mir gegenüber wirkt er herzlich, offen und menschlich. Ich denke, er hat sich ein Kunst-Ich kreiert und dieses hat sich als so erfolgreich erwiesen, dass er sich mit dieser Persönlichkeit inzwischen auch privat identifiziert.

Country- und Indianerfest

Wieder herrscht Kostümzwang. Das Wetter meint es ausgesprochen gut mit uns. Es gibt viele lustige Sportwettbewerbe und wir schlagen uns am ausgezeichneten Büfett die Bäuche voll.

Mobbing

Einer meiner Portiers duzt sich plötzlich mit dem Empfangschef. Wie alle anderen auch habe ich ihn, als Chefportier, zum Portier ausgebildet.

Einmal sehe ich, wie beide kameradschaftlich plaudernd das Hotel verlassen. Am nächsten Tag erzählt mir dieser Kollege stolz, dass ihn der Empfangschef in ein anderes First-Class-Hotel auf ein Bier eingeladen habe.

Diese unerwartete Vertraulichkeit irritiert mich, doch ich erfahre nicht, was dahintersteckt, denn beide schweigen sich aus. Zwar empfinde ich dieses Verhalten als überaus merkwürdig, ahne zu diesem Zeitpunkt aber nicht im Geringsten, dass ich abgelöst werden soll.

Hotelbar

Irgendwann sind die großen Events vorbei und auch VIPs werden seltener.

Die kleine Hotelbar ist für die Gäste unseres Hauses ein sehr angenehmer Ort, den aber auch Stadtgäste gern besuchen. Doch jetzt hängt immer öfter ein Schild mit der Aufschrift „Geschlossene Veranstaltung" an der Tür. Dann feiert die Hoteldirektion ihre Orgien und die Personalchefin tanzt auf dem Tisch.

Mir ist es sehr peinlich, dass ich gezwungen bin, den Gästen gegenüber zu lügen, und ich halte mit meiner Meinung nicht hinter dem Berg. Kollegen erstatten der Personalchefin, die nie mit mir redet, darüber Bericht.

Eine Bardame warnt mich mehrmals, obwohl sie deswegen um ihren Job fürchten muss. Angeblich habe die Personalchefin auf einer Party gesagt, dass sie sich an mir rächen werde

Ich wittere unlautere Machenschaften, sehe aber keinen Anlass, ängstlich zu sein, denn ich glaube fest daran, dass Wahrheit und Gerechtigkeit letzten Endes siegen werden.

Neue Hotels stellen eine ernsthafte Konkurrenz dar.

Piratenfest

Für das diesjährige Sommerfest hat sich die Personalchefin eine ganz besondere Überraschung ausgedacht: ein Piratenfest, bei dem natürlich Kostümzwang herrscht. Der Ort der Veranstaltung wird streng geheim gehalten, die Mitarbeiter sollen sich am Nachmittag vor dem Hotel treffen. Doch die Teilnehmerzahl ist wesentlich geringer als erwartet.

Das Küchenpersonal legt es auf Provokation an und erscheint zum Entsetzen der Personalchefin als Chirurgen verkleidet. Sie tragen ein Schild vor sich her: „Hotel-Klinik – geschlossene Psychiatrie."

Es ist ein sehr heißer Sommertag und wir steigen in einen nicht klimatisierten Reisebus. Die Personalchefin streift jedem Mitarbeiter persönlich eine schwarze Binde über die Augen und achtet während der Fahrt peinlich genau darauf, dass keiner sie entfernt.

Niemand weiß, wohin der Bus fährt und was uns dort erwartet. An einem großen See steigen wir aus. Wir werden in Piratengruppen eingeteilt, die von Abteilungsleitern angeführt werden. Danach sind Stationen anzulaufen und Aufgaben zu erfüllen. Es geht darum, einen Schatz zu finden, und wenn die verschiedenen Gruppen aufeinandertreffen, müssen sie sich gegenseitig berauben.

Meine Gruppe wird von der Hausdame angeführt, die häufig für ihre Mitarbeiter eintritt und sachliche Kritik gegenüber der Hotelführung anbringt. Das Piratenspiel empfindet sie als kindisch. Besonders missfällt ihr, dass es erst zum Schluss Getränke gibt und es streng verboten ist, sich unterwegs welche zu kaufen.

Auf einem öffentlichen Spielplatz kämpfen Leitungskräfte auf einem Turm mit großen Holzschwertern gegeneinander. Danach graben sie mit Kinderschippen im Sandkasten nach einem Schatz, den sie dort vermuten, aber nicht finden. Dabei vertreiben sie die im Sandkasten spielenden Kinder und ignorieren die Einwände erschrockener oder aufgebrachter Mütter. Sie haben viel Spaß daran, sich lautstark anzuschreien und zu necken. Wie andere Mitarbeiter auch dokumentiere ich das mit Fotos.

Die Gruppen auf dem See bekämpfen sich mit Booten. Zwar ist das Baden dort nicht erlaubt, aber nach dem Willen der Personalchefin soll man sich gegenseitig zum Kentern bringen. Die meisten ignorieren diese Vorgabe.

Das Ganze dauert ca. fünf Stunden und findet bei einer Temperatur von 30 Grad statt, dennoch gibt es keine Getränke. Zur Dämmerung endet das Spiel auf einem vorbereiteten Grillplatz, wo die Abteilungsleiter zunächst die erkämpften Schätze zählen und sich dabei berauben. Den Direktor lässt man gewinnen.

Plötzlich fesseln Mitarbeiter einen sehr unbeliebten Abteilungsleiter an einen Baum und bespritzen ihn mit Wasserflaschen, was alle sehr spaßig finden, bis die Personalchefin eingreift und das muntere Treiben empört beendet.

Am nächsten Tag wird die Hausdame vom Dienst suspendiert – wir sehen sie nicht wieder.

Am letzten Tag vor meinem Urlaub lege ich einem Kollegen einen DIN-A4-Bogen mit einem lustigen Bericht über das Piratenfest ohne Namensnennung und Unterschrift ins Ablagefach.

Sie haben mich gefeuert

Seit dreieinhalb Jahren bin ich nun in diesem Hotel und erst vor zwei Monaten hat man mich schriftlich belobigt.

Ende September erscheine ich nach meinem Jahresurlaub wieder zum Dienst. Schon in Uniform an der Rezeption stehend werde ich ohne Angabe von Gründen zur Personalchefin gerufen.

Völlig unerwartet befinde ich mich in Anwesenheit meines schweigenden Empfangschefs mitten in einem Personalgespräch. Mir wird mitgeteilt, dass ich meine Tätigkeit stets vorbildlich ausgeführt habe, aber aus Strukturgründen entlassen werde.

Zunächst bin ich für einen Monat vom Dienst suspendiert, um mir in Ruhe eine neue Stelle suchen zu können. Ein sehr gutes Arbeitszeugnis wird mir natürlich zugesichert.

Im Gegensatz zu meinen beiden jüngeren Kollegen habe ich eine Familie mit zwei Kindern und eine schwerbehinderte Frau. Mir wird Hausverbot erteilt und ich soll sofort einen Aufhebungsvertrag unterschreiben, was ich verweigere. Eine triumphierende Personalchefin begleitet mich zur Umkleide, wo ich meinen Spind ausräumen muss.

Als mich nichts ahnende Kollegen auf dem Weg dorthin freundlich grüßen, versucht sie mir Redeverbot zu erteilen, das ich zu ihrer großen Verärgerung ignoriere. Erst am Personaleingang bin ich sie los. Sie grinst mich süffisant an: „Tschüss und einen schönen Tag noch!" Schmunzelnd erwidere ich: „Im Leben sieht man sich meistens zweimal wieder!" Aufrecht und lächelnd verlasse ich das Luxushotel.

Ich bin von jetzt auf gleich gefeuert worden, ohne mich von meinen Kollegen verabschieden zu können. Nun weiß ich, warum hin und wieder andere Mitarbeiter plötzlich verschwunden sind. Die Meisten des Eröffnungspersonals sind weg.

Geschockt sitze ich an der Straßenbahnhaltestelle und teile meiner sehr gefasst reagierenden Frau telefonisch den unglaublichen Vorfall mit. Danach rufe ich einen befreundeten Anwalt an, der mir einen Kollegen für Arbeitsrecht empfiehlt. Am nächsten Tag konsultiere ich diesen Anwalt.

Auf meinen Wunsch hin wird eine Klage gegen das Hotelimperium eingereicht. Zwar habe ich keine Rechtsschutzversicherung, aber in erster Instanz sollen mir laut Aussagen des Anwalts keine Kosten entstehen.

Ich blicke der kommenden Auseinandersetzung frohgemut entgegen, denn ich fühle mich unrechtmäßig gekündigt. Mein Anwalt dämpft meine Erwartungen, da er noch nicht weiß, wer die Verhandlung führen wird. Er rechnet mit einem Vergleich. Ich bin kampferprobt und daher wesentlich optimistischer.

Jobsuche

Plötzlich einen neuen Job suchen zu müssen ist keine neue Erfahrung für mich, aber in der Wendezeit dennoch eine Herausforderung, denn mit zwei Kindern und einer erwerbslosen, schwerbehinderten Frau ist es besonders dringend, eine Stelle zu finden. Ich kann trotzdem nur ein Angebot akzeptieren, das mir Spaß macht, und auch mein bisheriges Gehalt will ich in etwa ausbezahlt bekommen.

Viele Ostdeutsche suchen verzweifelt einen neuen Job. Ich checke den Arbeitsmarkt und stelle schnell fest, dass ich zwar in einem der neuen Luxushotels in der Stadt unterkommen könnte, dort aber mit wesentlich weniger Gehalt vorliebnehmen müsste.

Nun prüfe ich unterschiedliche Jobangebote. Ich stelle mich bei einer Sicherheitsfirma vor. Der Chef möchte mich sofort einstellen, aber es scheitert wieder einmal am Gehalt. Dieses rechnet sich nur mit sehr vielen Überstunden.

Deshalb schaue ich mich wieder in der Luxushotellerie um, aber nun in den alten Bundesländern. Dort sind die Gehälter höher. Mehrere Hotels finde ich und zwei Hotels haben mich zu einem Vorstellungsgespräch eingeladen. Da ein Hotel zu weit von Sachsen entfernt ist, entscheide ich mich für ein anderes Fünf-Sterne-Hotel.

Auf dem Arbeitsamt

Gleich melde ich mich beim Arbeitsamt und bin schockiert darüber, wie viele Arbeitslose sich dort drängen.

Das Amt erscheint mir völlig überfordert. Vor wenigen Monaten ist in dem Gebäude noch eine NVA-Kaserne untergebracht gewesen.

Die Arbeitsberaterinnen sind in aller Regel sehr jung und ich frage mich, welche Erfahrungen sie mitbringen, um Menschen auf Arbeitssuche beraten zu können.

Ich habe Glück, die für mich zuständige Beraterin ist mittleren Alters. Sie freut sich, dass

ich flexibel bin und mich bereits selbst auf die Suche nach einem neuen Job gemacht

habe. Ich bleibe nur 14 Tage arbeitslos.

Stark bin ich nur mit einer starken Frau an meiner Seite

Bei allen Entscheidungen berate ich mich mit meiner Frau. Gemeinsam haben wir zweimal die Staatssicherheit besiegt, gemeinsam werden wir auch nun einen Weg finden.

Wir sind uns bald einig, dass ich in den Westen gehe und wir auf unbestimmte Zeit getrennt leben müssen. In Ostdeutschland sind zu viele Menschen auf Arbeitssuche, die meisten Firmen wurden geschlossen oder von anderen übernommen, die ihr eigenes Personal mitbringen. Außerdem sind die Gehälter in Westdeutschland deutlich höher.

Wohnungshilfe durch den Hoteleigentümer

Lange suche ich vergeblich nach einer bezahlbaren kleinen Wohnung. Auch Makler können mir nicht helfen, denn die Miete für ein Einzimmerapartment ist hier fast so teuer wie für meine Dreizimmerwohnung zu Hause. Wohnraum ist derzeit sehr gefragt, was die Preise in die Höhe treibt.

Schweren Herzens entschließe ich mich, die zugesicherte Stelle nicht anzutreten. Aber ich bekomme unerwartet Hilfe. Die Familie des Hoteleigentümers stellt mir sofort zu einem äußerst fairen Mietpreis ein bis auf das fehlende Fernsehgerät perfekt eingerichtetes, schönes Einzimmerapartment zur Verfügung.

Doch nicht in den Westen gehen?

Nachdem mit meiner Arbeitsstelle und der Zweitwohnung alles in trockenen Tüchern ist, treffe ich den Chef einer großen Autohandelsfirma wieder. Dieser gibt mir zu verstehen, hätte er gewusst, dass ich nach Arbeit suche, hätte er mich umgehend eingestellt. Er würde das aber auch jetzt noch tun.

Oh ja, diese Berufsaussicht hätte mich wirklich interessiert, aber das Angebot kommt einfach zu spät, obwohl mir dadurch der Umzug in den Westen erspart bliebe.

Außerdem: Die Luxushotellerie im Allgemeinen und das private Luxushotel mit Residenz im Speziellen reizen mich einfach viel zu sehr, um jetzt noch einen Rückzieher zu machen.

Im Arbeitsgericht

Endlich ist die Gerichtsverhandlung anberaumt, in die ich zuversichtlich gehe. Ich bin der Erste hier, der das Hotelimperium verklagt.

Der westdeutsche Arbeitsrichter stellt sofort klar, dass es in diesem Fall nichts zu rütteln gäbe und natürlich der Arbeitgeber im Recht sei. Mein wenig erfahrener Ost-Anwalt hat dem kaum etwas entgegenzusetzen. Deshalb bitte ich um das Wort, was mir der Arbeitsrichter mürrisch erteilt und die Prozessgegner mit Missfallen zur Kenntnis nehmen.

Ich führe mehrere sachliche Argumente gegen meine Kündigung ins Treffen, merke aber noch, während ich sie ausführe, dass sich niemand im Saal dafür interessiert.

In der Verhandlungspause muss ich einem Vergleich mit Abfindung zustimmen, weil ich mir die nächste Instanz finanziell nicht leisten kann.

Meine Ex Personal Chefin und ihr Anwalt grinsen mir und meinem Anwalt nach der Verhandlung triumphierend ins Gesicht. Ich habe nur einen vernichtenden Blick für sie übrig. Nur mein Anwalt weiß, dass ich schon einen neuen und besser bezahlten Job habe.

Der Anwalt hat mir versichert, dass mich seine Rechtsvertretung nichts kosten wird, aber ein Jahr später flattert mir eine Rechnung ins Haus.

Knapp ein Jahr später zieht sich das Hotelimperium aus der Stadt zurück.

„Von schick bis luxuriös" schreibt eine Tageszeitung über fünf Hotels, die sich unter den 100 besten Ostdeutschlands befinden. Drei Hotels, in denen ich gearbeitet habe, sind unter den genannten. Das Hotel, in dem ich zuletzt tätig gewesen bin, wird als das „wohl luxuriöseste Hotel" bezeichnet. Das Urteil ist natürlich subjektiv und als Empfehlung gedacht. „Zufälligerweise" kann ich diese Beurteilung aber bestätigen.

Tschüss, Ostdeutschland – das war's!

Traurig, doch voller Optimismus verlasse ich meine Frau, meine beiden Kinder, die Freunde und die geliebte Großstadt. Mit 46 fühle ich mich noch nicht als zum alten Eisen gehörend. Ich will arbeiten, habe eine Mietwohnung zu bezahlen, brauche Benzin, will nicht zum Hartz-IV-Empfänger mutieren, nicht verarmen und verblöden.

Zehn Jahre nach dem Mauerfall und zunächst allein fällt mir der Umzug nicht eben leicht. Ich gebe meinen Lebensmittelpunkt auf und ziehe zu „den anderen Deutschen", denen ich oft erklären werde, dass wir nicht faul waren, auch schon mit Gabel und Messer aßen, nicht nur von Bananen träumten und nicht alle nur am FKK waren.

Ich bin sehr gespannt darauf, wie ich als „Ossi" aufgenommen werde, und freue mich darauf, viele „Wessis" kennenzulernen, das Wirtschaftssystem und ihre Marktwirtschaft besser zu begreifen. Ich denke, mit ihnen zu arbeiten und unter ihnen zu leben, führt zu objektiven Erfahrungen, nur so kann ich sie verstehen und sie mich. Diese Vorstellung wird sich auch bestätigen. Besonders deshalb, weil ich in der Luxushotellerie bleibe, wo ich besonders viele Menschen kennenlernen kann. Ab dieser Zeit führe ich ein Job-Tagebuch.

Im Leben sieht man sich mindestens zweimal

Bald darauf wird mein Ex Direktor sein zweites Vorstellungsgespräch in meinem neuen Hotel haben, er erfährt, dass ich schon dort bin, und bekommt den Job nicht.

Kurz darauf wird auch mein ehemaliger Empfangschef auftauchen, um sich bei mir zu entschuldigen.

Fast drei Jahre lebe ich von meiner Frau und den Kindern getrennt und bin einer von vielen ostdeutschen Pendlern auf der Autobahn. Dann entschließt sich auch meine Familie, mir endlich in den Westen zu folgen.

Der Concierge stirbt

Schon lange trage ich nicht mehr den Titel eines Concierge. Es ist mir gleichgültig, ob man mich Portier, Wagenmeister, Hoteldiener, Page oder Bell Boy nennt.

Das ehemalige Klischee eines Concierge, wie ich ihn ausgeübt habe, der Portiers und Wagenmeister anleitet, ist in Deutschland bis auf Einzelhotels schon lange Geschichte. Auch Luxushotels sparen leider zunehmend beim Personal, weil sie es durch die Konkurrenz müssen oder einfach wollen.

Fast alle Aufgaben eines Concierge führe ich neben meinen normalen Arbeitsaufgaben weiterhin aus und meistens, ohne dass es Mitarbeiter und Vorgesetzte bemerken, oder wollen.

Damit entlaste ich natürlich auch die Rezeption, die oft und aus den unterschiedlichsten Gründen, vieles nicht weiß, nicht kann oder keine Zeit dafür hat.

Wünsche zu erfüllen, menschlich sein, tolerant und respektvoll, das bleiben in der gestressten Routine des Hotellalltags oft auf der Strecke.

Weil man das natürlich verhindern möchte, quetscht man es in Vorschriften und Anweisungen. Rezeptionisten werden natürlich danach handeln, aber individuell, wenn sie Zeit haben und oft tun sie nicht mehr als sie müssen. Der Gast hat nie den gleichen Ansprechpartner, den er oft seit Jahren kennt und vertraut.

Nur die Gäste wissen meine Dienste als Concierge zu schätzen.

Eigentlich mache ich aber nur, wie Jeder, ganz normal meinen Job. Weil ich ihn mag, immer aus Überzeugung, mit dem Herz und natürlich auch dann, wenn ich noch müde bin oder ernste, familiäre Probleme bewältigen muss.

Meine Probleme interessieren meinen Arbeitgeber und den meisten meiner Gästen natürlich nicht.

Meine Gäste sind selbst und immer mehr, unter Stress, haben Angst vor einem Jobverlust und damit besteht auch eine erhöhte Krankheitsgefahr. Manche Gäste verändern sich auch mit den Jahren und nicht selten nach einer ernsten Erkrankung. Sie werden ruhiger, bedächtiger, nachdenklicher und manche auch menschlicher. Der Job, Arroganz, Macht und Geld, sind plötzlich nicht mehr das Wichtigste in ihrem Leben.

Gäste freuen sich, wenn sie ein verloren geglaubtes und echtes Lebensgefühl spüren, weil sie verstanden werden, individuell betreut werden und nicht routinemäßig abserviert und mit aufgesetztem Lächeln angeheuchelt werden.

Sie verbreiten gern ihre Erfahrungen und mit den Jahren kommen immer mehr Gäste zuerst zu mir und gehen erst danach zur Rezeption, oder sie kommen auch nach Enttäuschungen zu mir, weil ich immer Verständnis und eine Lösung finde.

Ich bringe auch den erregtesten oder angeblich schwierigsten Gast, wieder zum Lächeln.

Auf meinem täglichen, kurzen Fußweg zum First-Class-Hotel, weiche ich oft Menschen mit Kopfhörern aus.

Im Hotel Shuttle ist das noch öfters der Fall. Fahrradfahrer ignorieren roten Ampeln, Autos fahren oft ohne zu Blinken.

Es hat keine Konsequenzen, die Polizei ist überlastet, hat andere Aufgaben und nicht überall stehen teure Blitzer.

Die Elektronik Industrie, Google, Facebook, Twitter und Whatsup vereinfachen unsere Leben und bestimmen immer mehr, über die Aufmerksamkeit der Menschen im Straßenverkehr, die Höflichkeit gegenüber Menschen und über viele andere Arbeits- Lebensbereiche.

Emails zwischen den Abteilungen senden ist heute wichtiger, als miteinander zu Reden oder sich anzurufen. Sicherer ist es es auch nicht und oft höre ich den Vorwurf: „Ich habe Dir doch eine Email geschrieben!"

Ich bin ein Technikfreund und komme damit, auch in meinem Alter, sehr gut zurecht. Technik hat natürlich auch ihre Vorteile. Aber ich lass mich nie von ihr beherrschen.

Ich kann noch Gäste ohne Computer Ein- und auschecken, richtige Zimmerschlüssel ausgeben, statt angeblich sichere Chipkarten.

Wenn die Ampeln ausfallen, weiß ich, wann ich fahren darf, benötige für eine Brotscheibe nur ein gutes Messer und habe bei Stromausfall nicht nur Kerzen und Taschenlampen.

Hausarrest ist für Kinder in dieser Zeit harmloser als, wenn es ein Handyverbot gibt und bei einem längeren Stromausfall herrscht Chaos.

Meine Generation, meine Kinder und Enkel könnten verzichten und ohne Strom leben, weil sie es in der Familie lernen. Sie lesen gern Bücher, haben richtige Freunde, Freude an Kartenspielen und anderen Spielen und Tätigkeiten.

Sie respektieren ältere und behinderte Menschen, bieten Ihnen selbstverständlich ihren Sitzplatz an und grüßen immer ihre Mitmenschen.

Aber das und vieles mehr, über einen Zeitraum von weiteren 17 Jahren in der 5 Sterne Hotel Kategorie, aber dann im anderen Teil Deutschland, ist nicht mehr Bestandteil dieses Buches.

Zeitfracht Medien GmbH
Ferdinand-Jühlke-Straße 7
99095 Erfurt, Deutschland
produktsicherheit@kolibri360.de